믿을 수 없는 이야기,
제주 4·3은 왜?

글ㅣ신여랑 오경임 현택훈
그림ㅣ김종민 김중석 조승연

사계절

작은 돌
하나를
더 놓으며

몇 해 전 제주에 내려왔다. 충동적인 이주였다. 그래도 좋았다. 하늘도 바람도 마치 외국어처럼 들리는 제주어도, 살갑고 아름다웠다. 지인들이 덕담을 건네면 "제주에서 특별한 글을 쓸 거야!" 하며 한껏 들떠 허세를 부렸다. 제주에 대해 아는 것이라곤 하나도 없으면서 말이다.

어쩌면 그 허세가, 아무것도 모르는 자의 만용이 나를 제주4·3으로 이끌었는지 모른다. 기억한다. '4·3'에 관한 책을 같이 쓰자는 말에 순간적으로 어두워지던 제주 작가 선생님들의 얼굴을. 나는 아무것도 몰랐기에 상상조차 할 수 없었다. 제주에서 나고 자란 이들에게 4·3이 어떤 의미인지. 4·3을 다루는 글을 쓴다는 게 얼마나 조심스러운 일인지. 나는 그저 공명심에 가득 차 있었다. 이건 아주 중요하고, 의미 있는 작업이라는.

그러나 내가 얼마나 치기 어린 공명심에 사로잡혀 있었는지 깨닫는 데에는 그리 오랜 시간이 걸리지 않았다. 4·3은 가까이 갈수록 깊고, 어두워졌다. 부정하고 싶었다. 책장을 넘기는 것조차 두렵던 생존자 구술 채록집을 읽던 밤이면 차라리 그 모든 것이 거짓이기를 바랐고, 그때의 일을 담담하게 들려주시던 노부부 앞에서는 주책없이 눈물이 쏟아졌다.

부끄러움이 밀려왔다. 나는 제주4·3에 대해 말할 자격이 있을까? 유난히 까마귀가 많던 제주4·3평화공원, 4·3 희생자의 이름이 끝도 없이 새겨진 각명비 앞에서 나를 엄습하던 공포와 두려움을 무어라 표현할 수 있을까? 한 살, 두 살, 네 살, 일곱 살. 때로 이름조차 없이 '누구누구의 자(子)', '일자 미상 사망', '행방불명'이라고 새겨진 죽음의 기록들. 그 죽음에 내가 무어라 응답할 수 있을까?

무심히 보아 오던 까마귀가, 평화롭게 둘러쳐진 돌담이, 영험한 기운이 서린 한라산이 눈에 밟히고, 눈길을 돌릴 때마다 서러웠다. 나는 되도록이면 멀리, 어디론가 도망치고 싶었다. 그때, 나도 다르지 않다고, 두렵고 아프고 부끄럽다고, 그래도 우리 포기하지 말자고 다독여 준 제주 작가 선생님들이 없었다면 나는 도망쳤을지도 모른다. 그러므로 이 책은 햇수로 3년, 공명심으로 시작했지만 부끄러움 속에서 제주4·3을 만난 한 명의 외지인과 그를 다독이며 이끌어 준 두 명의 제주 작가 오경임·현택훈, 세 사람이 4·3을 마주한 기록이다.

우리는 이 기록이 우리 자신에게 '조금 덜 부끄러워야' 한다고 생각했다. 저마다 조금씩 다른 빛깔의 부끄러움을 견디며 머리를 맞대고 서로를 격려했다. 4·3을 공부하고, 4·3 현장을 답사하고, 4·3 이야기를 들려주실 어르신들을 찾아뵙고, 청소년들에게 어떻게 4·3을 전달할지 고민했다.

우리는 우리가 4·3의 잔혹함, 개인과 특정 집단의 단죄에 매몰되어서는 안 된다고 생각했다. 청소년들에게 두려움과 공포, 증오가 아니라 평화와 인권의 고귀함을 말하고 싶었다. 무엇이 그것을 파괴했는지, 앞으로 어떻게 해야 지킬 수 있는지 생각하게 하고 싶었다. 그래서 청소년의 시선으로 보고 느낄 수 있는 이야기를 담으려 애썼다. 4·3의 시간을 살아간 아이들의 이야기를 픽션으로 되살리고, 그동안 공부한 것들 가운데 객관적이고 중립적인 내용으로 정보 면을 꾸몄다. 이 책이 청소년들이 처음으로 만나는 4·3이라는 마음으로.

물론 이 모든 것은 오래전부터 위험을 무릅쓰고 제주4·3을 세상에 알리고, 기록하고, 연구해 온 분들이 있었기에 가능했다. 우리가 쓴 이야기 글을 제외한 설명 글은 그분들의 저서를 공부하면서 우리 세 사람이 이해한 수준에서 아이들에게 전달하는 글로 간추리고 풀어 쓴 것이다. 그분들의 기록을 참고한 우리의 글이 그분들에게 누가 되지 않을까 걱정이 앞서지만, 이 자리를 빌려 고개 숙여 감사드린다.

한편으로 우리는 여전히 부끄럽고 두렵다. 애썼지만 이 책이 턱없이 부족하다는 점을 잘 알고 있다. 그럼에도 용기를 내어 본다. 방사탑 위에 작은 돌 하나를 더 얹는 마음으로. 이 책이 아이들과 제주4·3을 이어 주는 징검다리가 될 수 있기를, 4·3을 현재로 불러내는 불씨가 될 수 있기를, 평화와 인권을 생각하는 계기가 될 수 있기를.

더불어 제주4·3을 살아 내고 우리에게 4·3 당시의 일을 들려주신 어르신들과, 이 책 작업에 흔쾌히 그림으로 함께해 주신 김종민·김중석·조승연 선생님, 감수를 맡아 주신 강덕환·김동윤 선생님, 사진작가 김흥구 선생님, 사계절출판사에 고마운 마음을 전한다.

2015년 3월 신여랑

믿을 수 없는 이야기,
제주4·3은 왜?

차 례

일러두기
1. 이 책은 제주 4·3사건의 전개 과정에 따라 픽션과 논픽션으로 구성되어 있다.
2. 픽션에 등장하는 인물과 사건, 장소 등은 제주 4·3사건과 관련한 자료들과 생존자들 증언을 토대로 작가의 상상력으로 재구성한 것이다.
3. 논픽션의 설명글은 독자의 이해를 돕기 위해 픽션과 연관해 구체적으로 설명했다.

도대체

왜

그런 일이 벌어졌을까

군인들이 집에 불을 지른다.

마을 사람들을 모아 놓고 총으로 쏜다. 아이도 있고, 아주머니도 있고, 노인도 있다.

전쟁이 난 걸까? 그래서 적군이 마을에 나타난 걸까?

아니다. 우리나라 군인들이 우리 땅에서 우리나라 사람들한테 한 일이다.

우리나라 군인들이 왜?

믿을 수 없다고?

믿을 수 없겠지만 사실이다. 1948년 겨울, 많은 사람들이 그렇게 죽었다. 살아남은 사람들은 가족이, 같은 마을에 사는 친척이, 이웃이 죽는 광경을 지켜봐야 했다.

이 일은 우리나라가 해방된 지 몇 년 지나지 않아 벌어진 '제주 4·3사건'의 일부에 불과하다. 4·3사건이 계속되는 동안, 제주 사람 수만 명이 목숨을 잃었다. 지금 살아 있는 누군가의 할아버지 할머니, 아버지 어머니, 형, 누이, 동생, 삼촌이 죽었다. 어떤 가족은 몰살당했다. 아직 이름도 없는 젖먹이까지.

"끔찍해요! 도대체 왜 그런 일이 벌어졌나요?"

그렇게 묻고 싶을 것이다. 그렇다면 우리는 그 답을 찾기 위해 먼저 해방 무렵으로 돌아가야 한다. 4·3사건은 해방과 함께 시작되었다고도 할 수 있기 때문이다.

우리나라는 1945년 8월 15일 해방됐다. 그날 정오 일본 왕은 떨리는 목소리로 무조건 항복한다는 라디오 방송을 했고, 우리나라 사람들은 그것을 '독립', '해방'으로 받아들였다. 그러나 일왕이 항복을 선언한 상대는 일본이 36년 동안 점령했던 우리나라가 아니었다. 미국·영국·중국의 대표가 모여 발표한 포츠담 선언을 받아들인다는 패전 선언이었기 때문이다. 이 항복 선언으로 2차 세계대전이 끝났다.

일본이 떠나고 우리나라에는 미국과 소련 두 나라가 들어왔다. 두 나라 장교가 벽걸이용 극동 지도를 펴 놓고 정했다는 분할 점령선 38선을 사이에 두고 미국은 38선 이남에, 소련은 38선 이북에 자리 잡았다. 평양에 들어온 소련군도, 서울에 들어온 미군도 환영을 받았다. 우리나라를 강점했던 일본과 싸워 이긴 나라들이고, 덕분에 우리나라가 해방을 맞은 거니까.

그 무렵 우리나라 사람들의 최고 관심사는 당연히 일제 식민지 잔재를 청산하고 새로운 독립 국가를 건설하는 것이었다. 신간회 등 독립운동을 했던 여운형과 안재홍이 조직한 '건국준비위원회(건준)'를 시작으로 조선공산당(1946년 11월 남조선노동당으로 통합, 즉 남로당), 조선인민당, 국민당, 한민당, 한국독립당 등 여러 정당이 우후죽순처럼 생겨난 것도 이러한 까닭에서였다.

그런데 여기서 한 가지 짚고 넘어가야 할 것이 있다. 당시 정당이나 단체의 명칭을 지금의 눈으로 바라보아서는 안 된다는 것이다. 지금은 '인민' '공산당' '남로당'이라고 하면 '북한'이나 '불법'을 떠올리게 되지만, 그때는 분위기가 달랐다. 일제의 식민 지배를 벗어난 한반도에는 아직 새로운 독립 국가가 세워지지 않았다. 그때는 이른바 '북한(조선민주주의인민공화국)'이 존재하지 않았다. 또한 미군정이 실시된 이남에서도 이와 같은 정당과 단체는 합법적으로 활동했다. '인민(人民)'이라는 말도 지금은 '공산주의 국가의 국민'을 가리키는 단어처럼 느껴지지만, 이는 본래 뜻과 멀어진 결과다. '인민'은 오래전부터 '백성'이었고, 보통 사람들(people)을 가리키는 말이었을 뿐이다.

그 무렵 이러한 많은 정당과 이를 이끄는 인사들은 일제의 잔재 청산과 토지 개혁의 방법론을 두고 크게 세 가지 견해로 나뉘었다. 이른바 좌파, 좌익이라고 알려진 인사들과 정당은 전면적인 친일 잔재 청산과 토지 개혁을 주장했다. 그에 견주어 한민당과 이승만으로 대표되는 우파, 우익은 친일 잔재 청산과 토지 개혁에 소극적이었으며 반공(反共)을 앞세웠다. 그리고 김구처럼 이승만과는 다른 우파 세력이나 여운형처럼 중도파로 알려진 세력은 무엇보다 통일 정부의 수립을 우선시했다.

그때 살았다면 우리는 어떤 주장을 지지했을까?

기나긴 일제 강점기를 겪으며 징용과 공출, 소작제로 고통받았던 당시의 민심은 자연스레 좌파의 주장 쪽으로 쏠렸다. 물론 통일 정부에 대한 바람 또한 당연시됐다. 미국과 소련의 분할 점령이 영구적인 분단으로 이어질 거라고는 아마 어느 누구도 생각하지 못했을 것이다. 이는 한반도 남쪽 끝 제주도에서도 마찬가지였다.

그렇다면 우리나라에 들어온 미·소 양국의 입장은 어땠을까?

미국은 38선 이남에 들어온 뒤 '조선 인민에게 고함'이라는 포고령을 내리고 미군정이 직접 통치했다. 이와 달리 간접 통치 방식을 취한 소련은 '건준'과 '인민위원회'를 인정하는 태도를 보였다. 그러나 어떤 방식이든 각각 자기 나라의 이익을 염두에 둔 선택이었을 것이다. 미·소 양국 모두 한반도에 들어설 새로운 정부가 자국의 영향력 아래 있기를 바랐을 것이며, 따라서 서로 견제하고 대립했을 것이다. 그들이 1945년 12월 28일 모스크바 삼상회의를 통해 신탁 통치를 결정한 것도 이러한 견제 속에서 타협점을 찾은 것일 터이다.

미·소 양국의 신탁 통치 결정이 국내에 알려지자, 신탁 통치를 찬성하느냐 반대하느냐로 온 나라가 들끓었다. 우파는 반탁을, 중도파는 반탁이지만 삼상회의에서 제안한 조선 임시 정부 수립 후 미·소와의 협상을, 좌파는 삼상회의 결정을 지지하는 찬탁을 주장했다. 그러나 민심은 일제 강점기를 연상시키는 신탁 통치에 본능적인 반감을 드러냈다. 우파를 지지하는 세력이 확산된 것도 이즈음이었다.

전국에서 신탁 통치에 반대하는 집회가 열렸다. 제주도에서도 다르지 않았다. 1946년 1월 5일 제주읍에서 열린 신탁 반대 궐기 대회를 시작으로 각 면(面) 단위로 반탁 대회가 열렸다. 제주도에는 사회주의적 색채를 띤 좌파 성향의 인사들이 많았지만, 대중적인 의식은 반탁 쪽으로 기울었다.

도민 대부분은 일제 말기의 암울한 기억을 떠올렸을지도 모른다. 일본은 전쟁에 패할 것을 감지하고는 제주도를 미국에 대항하는 최후 결전의 보루로 삼아 옥쇄(玉碎: 옥처럼 부서진다는 뜻으로, 일본군의 전사를 미화한 표현)작전을 도모했다. 그들은 제주 도민을 강제로 동원해 바닷가 곳곳에 진지동굴을 파고, '알뜨르'와 '정뜨르'에 비행장을 건설했으며, 어승생 정상에도 진지를 구축했다. 일본의 계획대로라면 제주 도민 전체가 옥쇄작전의 희생양이 될 뻔한 것이다.

그러나 이러한 한반도의 정세—2차 세계대전 후 미·소 양국의 대립이 낳은 냉전 기류와 남북 분할 점령, 신탁 통치 논쟁, 좌우파의 대립과 갈등— 속에서도 제주는 1946년 중반까지 육지보다 비교적 평온한 분위기를 유지했다. 여기에는 해방 후 조직된 제주 건준(나중에 인민위원회로 개편)의 역할이 컸다. 당시 리(里) 단위까지 광범위하게 조직된 제주 인민위원회는 일제 치하에서 항일 독립운동을 했던 사회주의 성향의 지도부 인사들을 비롯해 지역 원로 등 성향이 다양한 사람들로 구성됐다. 인민위원회의 활동은 폭넓었고, 도민의 지지를 받았다. 미군정 또한 제주 인민위원회를 공식적인 행정 기관으로 인정하지는 않았지만 암묵적으로 용인하거나 협력을 구할 정도였다.

제주 인민위원회의 주된 활동은 치안 유지였다. 나아가 각 면마다 문맹 퇴치를 위해 야학을 개설하고, 국민학교(지금의 초등학교)·중학원(지금의 중고등학교) 등 학교를 세웠으며, 농사법을 가르치고, 학습회며 체육대회 등을 개최했다. 실질적인 행정 기관 역할을 한 것이다.

그러나 이와 같이 공존하던 미군정과 제주 인민위원회는, 행정 구역상 전라남도에 속한 섬이었던 제주도(島)가 이남의 아홉 번째 도(道)로 분리, 승격되던 1946년 중반부터 균열을 보였다. 더불어 미군정 당국과 제주 도민의 갈등도 깊어 갔다. 미군정은 제주 인민위원회의 활동을 묵인하면서도 육지에서처럼 일제 때 관리들을 다시 등용하고, 친일 경력이 있는 경찰관들을 군정 경찰관으로 채용했다. 무엇보다 미군정이 '미곡 수집령'에 따라 쌀을 공출하면서 제주 도민의 불만이 커졌다.

제주에는 1946년과 47년 연이어 대흉년이 들었다. 더욱이 1946년 봄 육지에서 돌기 시작한 콜레라가 제주에서도 기승을 부리면서 사망자가 속출했으며, 해방 직후 인구가 급격히 늘어 식량난에 허덕였다. 일자리와 생필품이 부족한 가운데 콜레라와 대흉년에 이은 미군정의 가혹한 쌀 공출은 제주 도민의 강한 반발을 불러일으켰다. 그러나 미군정은 제주도의 실정을 고려하지 않았다. 일제 강점기에 강제 징용 등의 이유로 일본에 갔던 사람들이 고향으로 돌아올 때 부족한 생필품을 들여오는 것마저 '밀무역'으로 간주했다. 이는 제주도 내의 물자 부족 상황을 악화시키는 한편, 일본에서 생필품을 들여오는 밀무역을 오히려 부추기는 데 일조했다. 미군정 당국은 군정 경찰을 앞세워 밀무역을 단속했지만, 군정 경찰 중에는 모리배와 손잡고 물건을 빼돌려 뒷거래를 일삼는 자들이 적지 않았다.

이렇게 미군정 당국과 제주 도민의 갈등이 깊어지는 가운데, 1947년 초 전국적으로 벌어진 양과자 수입 반대 시위가 제주도에서도 학생들을 중심으로 벌어졌다. 미군정이 국내에 대량으로 들여온 양과자를 관공서와 학교 등지에 할당 배급해 판매를 강요하자, 양과자 반대 운동에 좌우를 가리지 않고 참여했다.

그러나 1947년 3월 1일 전까지 제주도에서는 육지에서와 같은 큰 소요가 없었다고 봐야 할 것이다. 예컨대 육지에서는 1946년 10월 '대구 사건'을 계기로 이남 전역에 걸쳐 경찰 관청을 습격하는 등 좌파 세력의 격렬한 시위가 두 달여 동안 이어졌다. 그럼에도 제주 인민위원회는 온건한 노선을 견지한 채, 중앙의 좌파 세력과는 다른 독자적인 길을 걸었다.

1947년 3월 1일, 그날이 도민 수만 명의 목숨을 앗아 간 '제주4·3'의 시작점이 되리라고는 아무도 예상하지 못했을 것이다. 제주 북초등학교에서 열린 3·1절 기념식에 참석한 제주 도민 3만여 명도 그랬을 것이다.

'4·3'은 그렇게 시작되었다. 관덕정 앞 광장을 울리는 군정 경찰의 총소리와 함께.

아홉 살 치순이

글 ㅣ 신여랑
그림 ㅣ 김종민

1

"나도 그날 돌멩이 던져신디게. 세 개나 던져신디게!"

상방 끄트머리에 앉아 있던 치순이 불쑥 끼어들었다.

"말 탄 경찰이 막 도망가고, 사람들이 왁왁 소리 지르고, 팡팡 총소리가 나신디."

치순은 작은 눈을 반짝이며 새까만 손등으로 코밑을 닦아 댔다.

조금 전까지만 해도 치순은 상방에 모여 앉은 어른들 눈치를 살피며 작은어머니가 가져온 엿 주시에 코를 박고 있었다. 아버지가 또 화를 내면 어쩌나 싶어서였다.

중학원* 선생인 아버지는 도청 주사로 일하는 작은아버지와 언쟁이 잦았다. 지난달에는 작은아버지가 들고 온 양과자 상자를 정지 바닥에 내동댕이치기도 했다.

"이게 다 나라를 좀먹는 짓이라는 걸 무사 몰람신디!"

아버지가 호통을 치자, 작은아버지가 "형님만 나라 위햄수꽈? 내 몫으로 할당된 양과자라 버리기 아까와 들고 왔수다." 하고는 휑하니 가 버렸다.

그런데 오늘은 달랐다. 아버지가 작은아버지를 어서 오라고 반겼다. 정지에서 일하는 어머니와 작은어머니를 상방으로 불러들여, 다짐이라도 받듯이 "겁낼 것 없다."고 말했다. 달라진 것은 그뿐이 아니었다. 날도 저물기 전에 어른들이 상방에 모여 앉아 있다는 것, 치순에게 그것만큼 신기한 일도 없었다. 아버지도 작은아버지도 출근을 하지 않은 것이다. 총파업이라고 했다.

"도지사까지 나선 마당에 겁낼 거 없져. 돌멩이라도 던져야 사람이지."

아버지가 그렇게 말하자 치순은 한마디라도 거들고 싶어 입이 근질근질했다. 그래서 저도 모르게 불쑥 끼어들어, 그날 제가 벌인 일을 지금껏 숨겨 오다가 이제 자기 입으로 낱낱이 실토하는 중이었다.

"아버지, 나는 그날 겁 하나도 안 났수다. 사람들이 우르르 놀랜 몽생이들처럼 날

* 오늘날 중고등학교에 해당하는 교육 기관.

뛰어도, 겁 하나도 안 났수다. 어떤 아이들은 막 도망가다 남의 집 돗통시에 빠져 부런마씨. 나는……."

치순은 참아 왔던 말을 와랑와랑 쏟아 내느라 입가에 버글버글 거품이 일었다.

"허허, 너도 그날 관덕정* 앞에 있었냐?"

아버지가 웃으며 묻자 치순은 의기양양한 얼굴로 고개를 끄덕였다. 아버지의 칭찬이 이어지리라 믿었다. 하지만 치순은 어머니와의 약속을 잊고 있었다.

"요것이, 삼일절 날 쫄래쫄래 관덕정에 가시냐? 내가 그렇게 일렀는데."

어머니의 말에 치순은 흠칫했다. 어머니는 그날 미군과 경찰이 진을 치고 있는 북교든 관덕정이든 얼씬도 말라고 했었다.

"왓싸왓싸 하고 다니다 총에 맞았으면 어쩌려고? 그날 여섯이나 죽은 거 모르나? 북교 다니는 아이도 죽어신디, 지금 거기서 돌멩이 던졌다고 자랑을 해?"

어머니의 다그침이 이어지자 치순은 금세 풀이 죽었다. 제 입으로 실토했으니 누구를 원망할 수도 없었다.

"동네 코앞에서 하는 삼일 만세 기념식인데 구경 가는 게 당연하주마씸."

치순과 눈이 마주친 작은어머니가 빙긋 웃으며 치순이 머리를 쓰다듬었다.

"구경 간 치순이가 뭔 잘못이우꽈? 총질한 경찰 잘못이우다. 해방이 됐는데도 이 모양이니 우리 도청 관공리들까지 나선 거 아니우꽈?"

작은아버지까지 치순이 역성을 들고 나서자 어머니도 더는 치순을 다그치지 않았다. 눈을 부라리며 어른들 얘기에 끼어들지 말라고만 하더니 작은어머니를 데리고 정지로 나갔다.

다시 옛 주시에 코를 박고 정지 문간을 기웃거리던 치순은 어머니와 작은어머니가 속닥이는 소리에 귀가 번쩍 뜨였다. 어머니가 작은어머니더러 애는 언제 낳느냐, 애

---

* 세종 30년(1448년)에 제주 목사 신숙청이 군사 훈련청으로 지은 건축물로.
  제주읍의 상징이며 인파가 모이는 광장 구실을 했다.

낳을 준비는 다 해 두었느냐고 하자, 작은어머니는 부끄러운 듯 보리 익을 때쯤이라고 하더니 이렇게 덧붙였기 때문이다.

"나중에 봇뎃창옷 꿰매고 남은 자투리 천으로 인형 만들어서 치순이 주젠마씸."
배냇저고리
작은어머니가 아기를 가졌다는 것은 알고 있었지만 인형 얘기는 처음이었다.

치순은 친구들과 잘 놀다가도 문득문득 작은어머니가 만들어 준다는 인형 생각이 났다. 그날 어머니 눈치를 보느라 작은어머니한테 어떻게 생긴 인형을 만들어 줄 건지 꼬치꼬치 캐묻지 못한 게 후회됐다. 벌써 한 달 넘게 작은어머니를 만나지 못했다. 딱 한 번 어머니를 만나러 온 작은어머니를 보긴 했지만, 무언가 급한 일이 있는 듯 치순에게 눈인사만 하고 서둘러 가 버렸다. 치순은 보리밭을 기웃거리며 보리 이삭을 훔쳐볼 때마다 작은어머니한테 뛰어가고 싶었다. 하지만 어머니가 단단히 못을 박아 놓은 터였다.

"작은어멍 귀찮게 하지 마라."
작은어머니
어머니는 아침 일찍 허벅으로 물을 길어다 놓고, 밥차롱*을 챙겨 정뜨르**로 밭일을
물 긷는 항아리
나가면서도 거듭 다짐을 놓았다.

"작은어멍 귀찮게 허민 혼쭐이 날 줄 알아샤."

치순은 별수 없이 이제나저제나 작은어머니가 집에 올 날만 기다렸다. 그러다가 아버지가 없으니 작은아버지도 작은어머니도 안 오는 건가, 하는 생각이 들었다. 사실 치순에게 아버지가 집에 없는 것은 이상한 일이 아니었다. 치순은 아버지 얼굴을 모르고 자라다가, 나라가 해방되던 해 일곱 살이 되어서야 일본에서 돌아온 아버지를 만났다. "치순이 아방은 일본에서 공부한다." 교래에서 말을 기르는 하르방한테,
할아버지

---

* 대나 싸리를 쪼개어 네모나게 엮어서 속을 깊숙하게 하고 뚜껑을 만들어 음식 따위를 넣는 그릇.
** 당시 제주읍 서쪽, 현재 제주공항이 있는 지역의 너른 들판을 이른다.
  '뜨르(드르)'는 제주어로 '들판'을 뜻한다.

어머니한테, 치순이 갓난아기였을 때부터 듣고 자란 소리였다.

　'아방은 또 공부하러 일본에 간 건가? 그런데 왜 말도 안 하고 갔지?'

　어느 날, 치순은 어머니에게 물어보았다.

　"아방 어디 간? 이제 또 공부하러 일본에 간?"

　"뜬금없이 무신 말이고? 흰소리 말고 나강 놀라."

　어머니는 치순이 속도 모르고 타박만 했다.

　"멍충아, 너 어멍이 알게 뭐야? 몰래 갔다 오면 되지."

　그날 같이 놀던 친구가 그렇게 말해서 작은어머니한테 간 것은 아니었다. 분명 그날은 밭에 가는 어머니가 아무 말도 하지 않았다. 어머니는 넋이라도 나간 사람처럼 "이녁이 탄다는 배는 잘 떴는지 모르켜. 허긴 잘 알아서 헐 테주."라고 혼잣말만 했다. 치순은 어머니가 이녁이라고 부르는 사람이 아버지라고는 생각하지 못했다.

　치순은 쏜살같이 서문통으로 내달렸다. 망설이다가는 못 가게 될지도 몰랐다. '귀찮게 안 할 거야. 그냥 잠깐 물어보기만 할 거야.' 치순은 서둘러야겠다고 생각했다. 그러다 관덕정 근처 식산은행 앞에서 자전거에 부딪혀 넘어지고 말았다. 하지만 아랑곳없이 벌떡 일어나 갈중이*에 묻은 흙을 툭툭 털고는 다시 뛰었다. 자전거 주인도, 스리쿼터 탄 미군도, 기마경찰도, 언제 넘어졌냐는 듯 망아지처럼 날쌔게 뛰어가는 치순을 흘깃 쳐다보았다.

　치순이 관덕정 앞에서 조금만 지체했다면, 얼마 전 육지에서 새로 부임해 온 도지사 일행을 보았을 것이다. 6척 장신에 검은 선글라스를 낀 그가 어딘지 험악한 분위기를 풍기는 청년들의 호위를 받으며 도 청사에서 미군 장교 한 무리와 걸어 나오는 모습을 보았을 것이다. 관덕정 앞 행인들이 그 일행을 슬슬 피하며 뒤로 물러서는 것도.

✽ 제주도 고유의 옷으로, 주로 농사지을 때 입었다. 풋감의 떫은 물을 짜내어 염색해서 만든다. 갈옷.

"작은어머니!"

치순은 작은집이 있는 올레에 들어서면서부터 목청껏 소리를 질렀다. 망아지처럼 한참을 뛰어왔지만 기운이 넘치는 목소리였다.

"쩌렁쩌렁, 이게 누군고? 우리 치순이 학교 가면 달리기 일등은 맡아 둬신게."

작은어머니는 활짝 웃으며 치순을 맞아 주었다. 앓기라도 했는지 얼굴이 해쓱했다. 작은 몸집이 더 작아진 듯도 하였다. 조만간 태어날 아기가 들어 있다는 배도 폭삭 주저앉은 듯 보였다. 치순은 그런 작은어머니를 보자, 차마 인형 얘기를 꺼낼 수가 없었다.

"무사마씸? 아프우꽈?"

"아프긴. 애 낳을 때 돼서 그러지."

작은어머니가 치순이 손을 잡아끌었다.

"이리 와 보라."

작은어머니가 마루 장궤 문을 열고 인형을 꺼냈다.

"내일이나 모레 갖다주려고 했지. 오늘은 어디 가야 해서."

치순은 입이 함박 벌어졌다. 간혹 친구들이 갖고 노는 인형 따위는 댈 것도 아니었다. 방싯방싯 웃는 아기처럼 생겼다. 털실 머리도 있고, 통통한 팔다리도 있고, 손바닥만 한 갈중이 저고리를 입은 볼록한 배 사이에는 돌돌 말린 까만 털 배꼽도 붙어 있었다.

치순은 좋아서 어쩔 줄 몰랐다. 한시라도 빨리 동네 아이들한테 자랑하고 싶었다. 작은어머니도 그런 치순이 마음을 다 아는 것 같았다. 어서 가서 친구들한테 보여 주라고 했다. 작은어머니도 서둘러 갈 데가 있다고 했다.

"치순아, 인형 맘에 들면 동생이라 생각하고 예뻐허라이."

보퉁이 하나를 들고 함께 집을 나선 작은어머니가 병문내 앞에서 헤어지며 한 말이었다.

27

"기어이 작은집에 가시냐? 나다니지 말라고 그리 말해신디."

그날 밤, 인형을 본 어머니가 말했다.

"아니우다. 어머니 정뜨르 밭에 갔을 때 작은어멍이 왔수다. 정말이우다."

치순은 막무가내로 우겼다.

"요것이, 이제 거짓말까지 햄샤? 작은어멍 속이 얼매나 썩은 줄 알암시냐? 작은아 방도 끌려갔다 나오고, 친정에도 난리가 나신디. 앞으로 무슨 일이 더 생길지."

어머니는 치순이 영 모를 말을 중얼거리더니, 다시 치순을 야단쳤다.

"그렇게 작은어멍 귀찮게 해 놓고, 너는 작은어멍한테 뭐 해 줄 거?"

치순이 우물우물 답을 못하자, 어머니는 혀를 끌끌 찼다.

"저런 것이 뭐가 이쁘다고, 다 죽어 가는 사람이 인형을 꿰매."

치순은 해쓱한 작은어머니 얼굴이 떠올랐다.

"애 낳으려고 아픈 거랬어. 그리고 작은어멍은 원래 뭐든 잘 꿰매. 내가 작은어멍 애 낳으면 다 봐 줄 거라. 애기업개*할 거라."

치순은 정말로 그래야겠다고 생각했다. 그게 뭐 어려운가 싶었다.

치순은 작은집에 또 가고 싶은 마음이 굴뚝같았다. 이번엔 애기업개를 하겠다는 말을 얼른 하고 싶어서였다. 하루가 다르게 따가워지는 볕에 보리가 익기 시작했으니 말이다.

그러나 치순은 또 작은집에 가면 가만두지 않겠다는 어머니의 으름장에 이러지도 저러지도 못했다. 혹시 도청 주사로 있는 작은아버지를 만날까 싶어, 인형 놀이를 하다가 지치면 동네 아이들과 관덕정 앞을 기웃거리기도 했다. 관덕정 앞을 오가는 경찰의 수가 나날이 늘어 갔지만, 학생이나 어른들이라면 몰라도 치순이 또래의 아이들

* 아기 보는 사람을 이르는 제주어.

28

에게까지 신경을 쓰는 경찰은 없었다. 치순과 친구들은 공연히 관덕정 돌하르방 코도 쥐어 보고, 도청 입구도 기웃거리고, 난데없이 깍깍 울어 대는 까마귀 흉내도 냈다.

"얘들아, 그만 가자."

오늘도 작은아버지 만나기는 틀렸나 보다 하고 돌아서던 참이었다. 그때 등 뒤에서 벼락같이 고함 소리가 날아들었다.

"이놈의 까마구 같은 종간나들! 여기가 어디라고 휘젓고 다니네?"

생전 처음 듣는 사내의 낯선 말투에 치순은 말문이 턱 막히고 말았다.

곁을 지나가던 미군 하나가 무슨 일이냐는 듯 돌아보았다. 사내는 황급히 이마에 손을 대고 경례를 붙였다. 미군이 귀찮은 기색으로 손을 내젓고 가 버리자 낯선 말투의 사내가 다시 고함을 쳤다.

"저거 안 보이네? 날래 저리 가라우! 안 그럼 내래 간나들도 잡아갑지비."

그제야 치순은 경찰한테 끌려가는 사람들이 눈에 들어왔다. 중학원 교복을 입은 학생도 있고, 신식 양복을 입은 남자도 있고, 머릿수건을 쓴 갈중이 차림의 꼬부랑 할머니도 있었다.

"간나들 이제부터 얼씬도 말라우!"

사내가 누런 이를 드러내며 으르렁거렸다.

치순은 한달음에 동문통 골목 어귀까지 달렸다.

제주읍의 거리

"너 종간나가 뭔지 알안?"

치순과 같이 뛰어온 아이가 숨을 헐떡이며 물었다.

"까마구야, 까마구."

치순이 아는 체를 했다.

"멍충아! 까마구는 까마구지, 까마구가 왜 종간나냐?"

그날 저녁 치순은 어머니에게 종간나가 뭐냐고 물었다. 어머니는 어디서 들었냐고

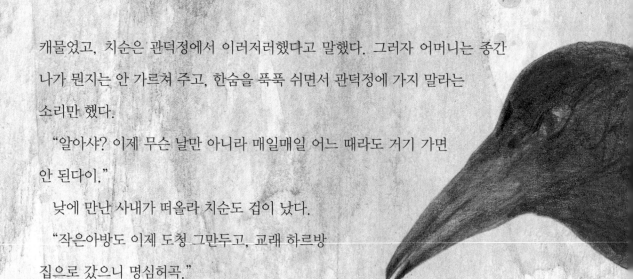

캐물었고, 치순은 관덕정에서 이러저러했다고 말했다. 그러자 어머니는 종간

나가 뭔지는 안 가르쳐 주고, 한숨을 푹푹 쉬면서 관덕정에 가지 말라는

소리만 했다.

　"알아샤? 이제 무슨 날만 아니라 매일매일 어느 때라도 거기 가면

안 된다이."

　낮에 만난 사내가 떠올라 치순도 겁이 났다.

　"작은아방도 이제 도청 그만두고, 교래 하르방

집으로 갔으니 명심허곡."

　"하르방 집에?"

　"하르방이 아파서 작은아방이 가서 말테우리 해야주."

　"작은어멍은?"

　치순은 작은어머니가 보고 싶었다.

　"아마 작은어멍도 같이 갔을 테주."

어머니답지 않게 두루뭉술한 대답이었다.

치순은 그날 밤 집이 유난히 조용하다고 생각했다. 어머니는 여느 때처럼 정지로 나가 설거지를 하고, 농기구를 갈무리해 놓고 방으로 들어와 앞코가 찢어진 고무신을 꿰맸다. 치순은 벌써 배가 꺼진 듯 허기가 졌다. 감저빼때기 한 움큼을 집어 질근질근 씹었다. 잊어버리려고 해도 낮에 만난 사내의 험악한 얼굴이 자꾸 떠올랐다. 치순은 인형을 끌어안고 뒤척이며 잠을 청했다.

그런 치순이 안쓰러웠는지 어머니가 말을 붙였다.

"이제 아방은 안 기다려?"

"물어도 대답도 안 해 주멍……."

치순이 토라져 돌아누웠다.

"니 말이 맞다. 니 아방은 또 공부하러 갔져."

"무사? 나한테 말도 안 하고?"

"니한테 무사 말해? 니가 아방 상전이가?"

어머니가 말했다.

"그럼 언제 와아?"

"니 북교 입학하면 올 테주."

"작은아방이랑 작은어멍은?"

"거기 아주 살러 갔다게."

어머니는 심상하게 말했지만, 그 뒤로 며칠 사이 치순은 낯빛이 전과 달리 어두워졌다. 친구가 집으로 찾아와도 놀기 싫다고 고개를 흔들었다. 나만 두고 다 가 버리고.

치순은 온종일 인형을 만지작거리며 밭일 나간 어머니를 기다렸다.

"무사 나한테 말도 안 하고 다 가 버련?"

인형에게 하소연해 봐도 치순은 기분이 좀처럼 나아지지 않았다.

"경찰이우다. 집에 사람 있수꽈?"

요란한 스리쿼터 소리가 올레 저만치에서 들려올 때까지도 치순은 그 소리가 자기 집 앞에서 멈추리라고는 생각하지 않았다.

"뭘 그렇게 점잖게 물어? 빨리 나와! 다 알고 왔으니까."

옷매무시를 가다듬은 어머니가 마당으로 나가자, 혼자 남겨진 치순은 방 안에서 덜덜 떨었다. 경찰이 왜 어머니를 잡으러 왔는지 알 길이 없었다.

"잠깐 아이랑 얘기 좀 하게 해 줍서."

어머니 말에 누군가 욕지거리를 했다.

"시간 없어! 빨리 차에 태워!"

"치순아, 어멍 금방 갔다 오켜. 집 잘 지키고 있으라."

'집에 나 혼자 있으라고?'

치순은 어머니마저 없는 집에 혼자 있기는 죽기보다 싫었다.

"나도 우리 어멍 따라가쿠다."

치순은 벌컥 문을 열고 나갔다.

스리쿼터가 경찰서 정문을 통과할 때까지 치순은 어머니의 팔을 꽉 잡고 있었다.

"너, 소원대로 따라왔으니, 말 잘 들어야지!"

경찰들 중 하나가 치순을 어머니에게서 떼어 내 앞장세우며 말했다. 아까 치순이 집 마당에 떨어뜨린 인형을 주우려고 하자 치순이 손목을 비틀었던 경찰이었다.

치순과 어머니는 컴컴한 유치창 안으로 기어들어 갔다.

"아이고!"

치순이 발에 걸린 사람들이 비명을 질렀다.

"나리님! 제발 물 좀 줍서."

"고랑창 트멍도 여기보단 낫주. 젓갈 담그듯 사름을 쟁이고."

틈, 구멍

"조용히 좀 헙서!"

"나리! 좀 봅서. 이 사름, 쇠좆매* 독 올라 등짝이 썩엄수다."

어찌어찌 어머니 손에 끌려 엉덩이를 비비며 바닥에 앉는 동안, 치순은 똥오줌 냄새가 뒤섞인 악취와 아우성에 정신이 아득해졌다.

"종간나 새끼들! 조용히 하라우!"

저 밖에서 들려온 목소리에 웅성거리던 사람들이 쥐 죽은 듯 고요해졌다.

치순은 어머니 손을 꽉 쥐었다.

"고옥련 에미나이! 3·10 총파업 선동하고 토낀 순악질 빨갱이 선생 여편네 나오라우!"

어머니가 치순이 손을 놓고 일어서자 치순은 가슴이 얼어붙는 듯했다.

"저자 쇠좆매에 당할 장사가 어신디. 너네 어멍 큰일 났구나. 저 구석에 배부른 아즈망도 친정 아방광 오라방들 때문에 잡혀 왔는디, 저자 쇠좆매질에 다 죽어 가."

치순이 옆자리에 누워 있던 사내가 말했다.

"경허난 아이가 겁도 없이 무사 어멍 따라와?"

뒤편 어디에선가 카랑카랑한 할머니 목소리도 들렸다.

치순은 입도 달싹 못하고 어머니를 불러낸 목소리에 사로잡혀 있었다.

"지금이라도 집에 가겠다고 해. 보내 줄 거여. 아이는 원래 안 잡아 오는 거 아니가."

그러나 치순의 귀에는 아무 소리도 들리지 않았다. 빨갱이 선생 여편네,라는 소리만 머릿속에서 뱅뱅 돌았다.

어머니가 돌아오고 나서야 치순은 울음을 터뜨렸다.

"무사 울어? 너네 어멍 아방 죽어샤? 뚝 그치라!"

그리 무섭게 말하는 어머니였지만, 옷매무시는 헝클어지고 움직일 때마다 신음 소

✱ 수소의 생식기를 말려서 만든 매로 가죽 채찍처럼 사람의 살갗에 치명적 상처를 남긴다.

리를 냈다.

"여기 나랑 있고 싶으면 입 꾹 다물고 있으라이. 너는 겁 안 난다 하지 안해시냐?"

치순은 어머니가 시키는 대로 했다. 앉은 듯 누운 듯 잠을 자고 일어나, 이튿날 아침 차디찬 주먹밥 하나를 꼭꼭 씹어 먹었다. 어머니가 아침 점심으로 불려 나간 동안에는 거동이 어려운 할머니에게 물을 가져다주었다. 밤사이 누군가 물동이를 넣어 둔 것이다.

어머니는 불려 나갔다 올 때마다 행색이 몇 배로 초췌해져서 들어왔다. 저녁 무렵에는 걷지도 못했다. 무릎이 꺾이고 어깨가 축 늘어졌다. 치순은 울음이 터질 것 같아 눈두덩을 비비며, 물에 적신 낡은 헝겊을 피가 터진 어머니 입술에 대 주었다.

치순이 간신히 어머니 곁에서 눈을 붙이려고 할 때였다.

"아이고! 여기 봅서! 아즈망이 애기 낳젠 햄수다."

저 구석에서 우렁우렁 사내 목소리가 들렸다.

"애가 나와? 힘을 주라고 헙서. 나가 시체 몸뚱아리라 움직일 수가 없어 부런."

치순이 뒤에서 할머니가 목소리를 높였다.

치순은 그때 입술을 달싹대는 어머니 얼굴 가까이 고개를 숙였다.

"가 보라."

어머니 입술이 다시 움직였다.

"혼저."
<small>얼른</small>

치순은 힘을 주어 고개를 끄덕이고, 기진해 누워 있는 사람들 사이를 비집고 엉금엉금 기어갔다. 할머니 목소리가 치순이 뒤꽁무니를 따라왔다.

"아야, 힘 주라고 해. 정신 놓으면 애도 어멍도 다 죽은다게."

치순은 믿을 수가 없었다. 다 죽어 가는 몰골로 눈을 감은 채 배를 움켜잡고 신음하고 있는 사람은 작은아버지를 따라 하르방 목장에 갔다는 작은어머니였다.

"작은어머니! 작은어머니!"

치순이 목 놓아 부르자, 작은어머니가 눈을 뜨고 희미하게 웃었다.

"죽지 맙서! 죽지 맙서!"

치순은 몸부림을 쳤다.

치순의 몸부림 덕분이었는지, 그날 밤 작은어머니는
죽지 않고 아기를 낳았다. 사람처럼은 보이지 않는 핏덩이였다. 그래도
치순이 갈중이로 핏덩이를 닦아 내자 쭈글쭈글하고 검붉은 몸뚱이가 보였고,
막 낳은 망아지처럼 희미한 울음소리를 냈다.

"혼저, 갑서!"

이튿날 동틀 무렵, 경찰 하나가 치순과 작은어머니를 경찰서 정문까지 데려다주
었다.

치순은 낡은 옷으로 처매듯 갓난아이를 업고 작은어머니를 부축했다.

"집에 가서 작은어멍도 살피고 애기도 살피고 하거라."

어머니는 치순이 등에 갓난아이를 업히며 말했다.

"어머니는 어떵헐꺼?"

"뭘? 나는 나 알아서 한다. 무사 걱정이고? 이제부터 작은어멍은 니 책임이라."

치순은 이를 앙다물었다. 자꾸 몸이 기울어지는 작은어머니를 꽉 붙잡았다. 작은
어머니가 쓰러질까 봐 조마조마했다. 작은어머니는 서너 걸음 걷고는 주저앉기를 반
복했다. 게다가 까마귀 두 마리가 작은어머니 머리 위로 달려들었다.

"종간나 새끼들! 저리 가!"

치순은 까마귀들을 향해 매섭게 쏘아붙였다. 하지만 까마귀들은 계속 따라왔다.

치순은 틈틈이 주변을 두리번거렸다. 이 시간이면 허벅을 지고 물 길러 가는 동네
아즈망들이 있게 마련이었다. 그런데 웬일인지 오늘은 그림자도 보이지 않았다.

"누구 없수꽈?"

치순이 목청껏 불러도, 돌아보는 것은 까마귀 두 마리뿐이었다.

언제라도 치순과 작은어머니를 공격하겠다는 듯 빙빙 돌면서.

경찰이 **왜** 사람들을 잡아갔나요?

1947년
치순이가 겪은 사건

작중 인물 치순의 어머니를 비롯한 치순이 가족이 체포된 것은 1947년 3월 10일 제주에서 시작된 민관 총파업에서 연유한다. 총파업 주동자로 지목된 치순의 아버지와 작은어머니의 친정 식구들이 검거를 피해 도피하자, 가족을 연행해 행방을 추궁하며 고문한 것이다. 파업에 참여한 치순의 작은아버지가 할아버지 집으로 간 것도 파업에 참여했다는 이유로 검거된 뒤 직장에서 쫓겨났기 때문이다.

치순의 아버지나 작은아버지의 직업에서 짐작할 수 있듯이, '3·10 총파업'에는 도청 공무원을 비롯해 교사, 학생, 운수 회사 직원, 공장 근로자, 금융 기관 직원, 미군정청 통역단, 지서 경찰 등 제주도 내 166개 기관과 단체에서 일하는 4만 1221명이 참여한 것으로 알려졌다. 이는 도내 직장인 95퍼센트 이상에 해당하며, 제주 도민의 전폭적인 지지를 받았음을 뜻한다.

그렇다면 한국사에서 유래를 찾기 힘든 이러한 3·10 민관 총파업은 왜 벌어졌을까?

치순이 돌멩이를 던졌다고 한 바로 그날, 관덕정 앞에서 벌어진 경찰의 발포 때문이었다. 그날은 3·1절로, 오전 11시에 관덕정 근처 북초등학교에서 '제28주년 3·1절 기념 제주도 대회'가 열렸다. 대회에 참여한 3만여 명의 인파는 북초등학교를 나와 가두 행진을 했는데, 그 행렬이 빠져나간 관덕정 광장에서 오후 2시 45분쯤 발포 사건이 벌어졌다. 이날 현장을 목격한 사람들은 제주 4·3사건의 과정을 그림과 증언으로 그려 낸 강요배의『동백꽃 지다』에서 이렇게 말했다.

"여섯 살 남짓 되어 보이는 아이가 칠성통에서 관덕정 쪽으로 달려 나가다 기마경찰의 말 아래로 들어가고 말았습니다. 그 아이는 말에 치였는지 길옆 고랑창으로 쓰러졌습니다. 그런데도 기마경찰은 그대로 가려고 했습니다. 이 모습을 보던 구경꾼들이 욕을 하며 쫓아갔습니다. 몇몇 사람은 돌멩이질을 했습니다. 그때는 길바닥에 돌멩이가 천지이던 시절이라 돌멩이를 던지는 일이 쉬웠습니다. 기마경찰이 급히 경찰서 쪽으로 달려간 다음에 총소리가 터졌습니다."(고효생 씨, 1994년 증언 당시 75세)

"시위대가 서문통으로 빠져나간 뒤였고요, 시위 행렬이 지날 때는 경찰 측과 아무 충돌이 없었습니다. 그런데 얼마 뒤 기마경찰이 달려오고 총성이 났지요. 경찰서 관사 담벼락에 기대어 서서 구경하던 사람들이 팍팍 쓰러졌습니다. 무의식중에 경찰서 쪽을 보니까 무릎을 꿇은 자세로 발포하고 있는 경찰관들의 모습이 눈에 들어왔어요."
(김용기 씨, 1994년 증언 당시 73세)

▲ 3·10 총파업에 관한 내용을 보도한 1947년 3월 12일자 「제주신보」

이날 경찰의 발포로 6명이 사망하고 8명이 중경상을 입었다. 사망한 사람 중에는 북초등학교 5학년에 재학 중이던 학생, 젖먹이를 안고 있던 21살의 여인도 있었다.

발포 후 경찰 당국은 3·1절 행사에 참여한 사람들을 연행하고, 발포 또한 치안을 유지하기 위한 정당방위라고 주장했다. 그러자 이에 대한 항의로 대대적인 3·10 총파업이 시작된 것이다.

파업에 참여한 제주 도청 공무원 140여 명의 요구 조건은 다음과 같았다.

①민주 경찰 완전 확립을 위하여 무장과 고문을 즉시 폐지할 것
②발포 책임자와 발포 경관을 즉시 처벌할 것
③경찰 수뇌부는 책임을 지고 사임할 것
④희생자 유가족과 부상자에 대한 생활을 보장할 것
⑤3·1사건에 관련한 애국적 인사를 검속하지 말 것
⑥일본 경찰의 유업적 계승 활동을 소탕할 것

제주 비행장에 도착한 미군정 수뇌부.
오른쪽 두 번째가 조병옥 경무부장이다.(1948. 5. 5)

1947년 4월 검속자가 500명으로 늘어 3.3평 유치장에 35명을
수감한 당시 상황을 재현.(제주4·3평화기념관)

그러나 미군정과 경찰 당국은 제주도 전역에서 일어난 3·10 총파업에도 불구하고 한층 더 강경한 태도를 보인다. 3월 14일 조병옥 경무부장의 제주 방문을 기점으로 3·1절 기념대회와 3·10 총파업을 '폭동'으로 간주하고, 이를 주도한 좌익 성향의 인사들을 비롯한 참가자들을 검거하는 데 박차를 가한다. 3·1절 기념대회 지도부와 3·10 총파업 관련자들이 속속 연행되고, 이들을 심하게 고문한다는 소문이 돈다. 그때 제주 도청 축산 계장으로 근무했던 고순협 씨는 경찰의 고문에 대해 이렇게 증언했다.

"도청 직원들은 감찰청에서 조사를 받았습니다. 처음 보는 육지 경관들이 취조를 하더군요. 파업 주동자와 그 배후를 불라는 겁니다. 그러면서 무조건 때리는 겁니다. 옆방에서도 비명이 그치질 않았습니다. 동료 직원 중 김 아무개는 무수히 구타당해 걷지도 못할 정도였습니다."(『4·3은 말한다』 1권. 363~364쪽)

그 뒤 제주에는 원래 있던 제주 경찰의 수보다 육지에서 내려온 응원 경찰 수가 더 많아졌다. 또한 '좌익 평정'을 기치로 내세운 서북청년단을 경호원으로 대동하고 나타난 유해진 도지사를 비롯해 반공 극우 성향의 경찰 관료들이 육지에서 새로 부임해 온다. 그리하여 4월 중순경에만 검거된 사람이 500명에 이르렀으며, 그 후에도 검거는 계속 이어진다. 유치장에 제대로 수용할 수 없을 만큼 많은 사람들을 체포, 구금한 탓에 '유치장이 비좁아 앉지도 눕지도 못할' 정도였다고 한다. 3·1 발포 사건 이후 1년 동안 2500여 명이 검속되었고, 이것이 치순이 살았던 1947년 제주의 모습이었다.

관덕정

제주시 관덕로 19(삼도2동)에 있는 정자(亭子)를 말한다. 보물 제322호로 지정된 관덕정은 조선 전기인 세종 30년(1448년)에 제주 목사 신숙청이 제주목 관아 내 병사들의 무예 수련을 위한 군사 훈련청으로 건립했다. 관덕(觀德)이라는 이름은 『예기』 「사의편(射義篇)」에 나오는 "사(射)는 덕(德)을 보는 것이다(활을 쏘는 것은 덕을 쌓는 일이다)."라는 구절에서 비롯됐다고 한다.

건립 이래 관덕정 앞은 도민들이 모이는 '광장' 역할을 해 왔다. 초기에는 관리들이 주민과 함께 공사를 의논하거나 잔치를 베푸는 장소로 사용됐으며, 때로는 형장으로 쓰였다. 일제 강점기에 이르러서는 관덕정 처마가 45센티미터쯤 절단되는 일이 벌어졌다. 관덕정 옆 도로 공사에 방해가 된다는 이유에서였다. 이로 인해 관덕정은 본래의 깊은 처마 모습을 잃었다.

해방 직후 '제주 건준'이 조직되고 결성된 '건준 청년 동맹'은 미군정이 제주에 주둔하기 전까지 관덕정 기둥에 간판을 달고 사무실로 썼다고 한다. 미군정이 주둔한 뒤 관덕정 앞 광장은 격랑의 역사 현장이 된다. 관덕정 가까이에 도청, 경찰서, 법원, 세무서, 미군정청 등 주요 행정 기관들이 밀집해 있었고, 제주 도민들은 관덕정 앞 광장에 모여 주

의주장을 펼쳤다. 1947년 2월 10일 제주 시내 중고교생 수백 명이 벌인 '양과자 반대 시위'도 관덕정 앞 광장에서 벌어졌다. 다음 달 3월 1일 근처 북초등학교에서 열린 3·1절 28주년 기념 행사를 끝내고 거리 행진을 하던 도민들을 향해 경찰이 발포한 곳도 관덕정 앞이다. 1949년 6월에는 관덕정 앞 광장에 4·3사건 당시 무장 유격대 사령관이었던 이덕구의 시신이 내걸렸다.

관덕정 앞 광장에서 자발적인 집회만 열린 것은 아니다. 4·3사건 와중에 대통령으로 당선된 이승만이 1949년 제주도에 내려왔을 때는 이곳에서 관이 주도하는 환영회가 열렸으며, 박정희 군사 정권이 들어서고 나서는 군중이 동원돼 5·16 기념 행사가 성대하게 치러지기도 했다.

관덕정 주변 행정 기관들이 다른 곳으로 이전해 가면서 제주 역사 현장의 중심으로서 관덕정의 '광장' 역할은 차츰 축소되었고 공간도 좁아졌다. 관덕정에 인접해 있던 경찰청 자리에는 현재 제주목 관아가 복원되었다.

▶ 관덕정 앞 광장에서 열린 이승만 대통령 환영 제주도민대회(1952. 7. 3)

2

글 │ 오경임
그림 │ 조승연

맹종이의 비밀

"검은개 왐수다. 검은개 왐수다."

마을 어귀에서 망을 보던 만수 형이 손나팔을 하고 조용히 소리쳤다. 돌담 위로 부지런히 오르내리는 만수 형 머리를 보니 바쁜 걸음걸이가 느껴졌다. 만수 형이 지나간 골목은 이내 고요함 속으로 빠져들었다. 어제는 누런 군복을 입은 노랑개들이 동네를 한 바퀴 휘돌고 가더니 오늘은 검은 제복을 입은 검은개들이다. 맹종이는 큰 잘못이라도 저지른 것처럼 가슴이 쿵쿵 뛰었다.

맹종이는 얼른 할머니 방문을 열었다. 이불은 펴져 있는데 할머니가 없었다. 맹종이는 정지로 마당으로 할머니를 찾아 돌아다녔다. 밖거리에도 안거리에도 할머니는 (바깥채) (안채) 없었다. 허릿병이 도져서 요 며칠 방 안에만 누워 있던 할머니였다.

"이 집 아들 아직도 소식 없수꽈?"

어느새 들어왔는지, 손에 몽둥이를 든 경찰 두 명이 제집인 양 밖거리 잇돌에 놓여 있는 할머니 고무신을 발로 쓰윽 밀어 떨어뜨리고는 난간에 턱 걸터앉으며 말했다. (디딤돌) (툇마루) 지난번에 왔던 경찰이었다.

"아이고, 오십데가?" (오셨습니까)

골갱이를 들고 우영밭에서 나오는 할머니는 맨발이었다. 돌멩이에 부딪혔는지 엄 (호미) (텃밭) 지 발톱에 핏방울이 맺혀 있었다.

"둘째 아들 아직도 연락 없수꽈?"

"큰아들은 일본에 갔다니까 그런가 하지만."

경찰 둘이 몽둥이로 발을 톡톡 치며 주거니 받거니 했다.

"일본서 온 편지도 저기 있수다게."

할머니는 누가 물어보지도 않았는데 확실한 증거라도 있다는 듯이 대답했다.

"둘째 아들은 산에 들어강 폭도짓 하는 거 아니라?"

"아니우다게. 맹종아, 어른들 고생하시는데 드시게 독새기 가져오라, 혼저." (달걀)

할머니가 허리를 구부린 채 맹종이를 보며 말했다.

“정지에 혼저 강 보라게.”

맹종이가 미적거리자 할머니가 작은 소리로 재촉했다.

정지로 가서 달걀 두 알을 꺼냈다. 어쩌다 아플 때나 먹을까, 닭장을 치우고 달걀을 모으며 닭을 도맡아 키우는 맹종이도 몇 번 먹어 보지 못한 달걀이었다.

경찰 둘은 누가 먼저랄 것도 없이 새끼손가락을 치켜들고는 동시에 앞니로 달걀 끝을 똑 하고 깨더니, 목젖이 울리도록 꿀꺽 한입에 먹어 치우고는 입을 쓰윽 닦아 내렸다. 그러고는 “아, 아.” 하고 소리를 한번 내지르고 입맛을 쩍쩍 다셨다.

“댓 개 더 가져오라게. 이걸로 되느냐게.”

할머니가 더 가져오라며 맹종이에게 손짓했다.

맹종이는 신발 코로 마당 바닥만 콕콕 찍었다.

“넌 클수록 꼭 삼촌 닮아 감져.”

경찰 한 명이 게슴츠레한 눈빛을 하고 맹종이를 바라보며 말했다.

할머니가 허리를 두드리던 골갱이를 마루 구석에 던져 두고 닭장으로 갔다. 잠깐 닭장 안을 살피더니, 이내 실한 암탉 두 마리를 순식간에 잡아챘다. 갑자기 옴짝달싹 못하게 된 닭들이 파닥거리며 난리를 쳤다. 할머니가 새끼줄로 날개를 잽싸게 동여맸다. 닭들의 움직임 때문인지 할머니 손이 잔잔하게 떨리고 있었다.

“고생하시는디 이거라도…….”

“우리를 뭘로 보구.”

난간에서 발딱 일어난 경찰이 닭을 건네는 할머니 팔을 홱 치우며 버럭 성을 냈다. 그 바람에 할머니가 잇돌 위로 벌렁 나자빠졌다. 할머니 손에서 빠져나온 날개 묶인 닭들이 푸드덕푸드덕 뛰어오르며 달아났다. 경찰 둘이 얼른 일어서더니 한 마리씩 낚아챘다. 할머니는 경찰이 가는데도 일어나지 못한 채 어색한 웃음만 지어 보였다.

“주는 거라 가져감수다. 아들 오면 꼭 연락해야 합니다.”

어머니는 아침도 먹기 전에 개똥을 주워 오라고 맹종이를 내몰았다. 허릿병에는 새벽이슬 맞은 개똥을 달여 먹는 게 최고라고 엊저녁에 마실 왔던 용강 할망 말을 듣고 그러는 거였다. 용강 할망은 무슨 일에든 참견했다.

'개똥도 약에 쓰려면 없댄 핸게마는.'

맹종이는 이슬이 맺혀 있는 풀밭을 어슬렁거리며 개똥을 찾았다. 그렇게 흔하게 보이던 개똥이 보이지 않았다. 있더라도 짓이겨졌거나 말똥이나 쇠똥이랑 섞여 있었다. 돌담 틈에서 금방 싼 듯한 개똥 몇 개를 찾아내 나뭇가지로 젓가락을 만들어 솔박*에 주워 넣었다. 말똥이나 소똥은 더럽지 않은데 개똥은 더럽게 느껴졌다. 차라리 허리 아프고 말지, 개똥은 도저히 못 먹을 것 같았다. 이걸 먹어야 할 할머니를 생각하니 끔찍했다.

"할머니 점심 때 개똥약 드시게 허고, 닭들 마당에 풀어 놓으라이."

어머니가 보리밥을 담은 차롱을 들고 밭으로 가며 당부, 또 당부했다.

구구거리는 닭 소리를 들으며 맹종이는 사금파리로 구슬을 만들었다. 이제 막 세 번째 구슬을 만들기 시작했다. 날카로운 사금파리 모서리를 짱돌로 쳐 낼 때면 가끔은 번쩍하고 불꽃이 일기도 했다. 그렇게 몇 번 하고 나면 거칠지만 둥근 모양이 만들어졌다. 이제 매끄러워질 때까지 돌멩이에 대고 갈기만 하면 되었다. 이번에는 꽤 큰 왕구슬이 만들어질 것 같았다.

수탉 한 마리가 느릿느릿 다가와서 사금파리 조각을 콕콕 쪼아 댔다. 맹종이는 발길로 수탉을 걷어찼다. 서너 발 물러서던 수탉이 고개를 높이 쳐들고 맹종이를 향해 '꼬기옥' 하고 울었다.

"저리 안 꺼져?"

* 나무를 둥그스름하고 납죽하게 파서 만든 작은 바가지 비슷한 그릇.

맹종이가 대거리하듯 수탉을 노려보았다.

"너 진짜 한번 맞아 볼래?"

잽싸게 대빗자루를 들고 일어서며 수탉을 향해 내리쳤다.

"야, 너는 수탉하고 싸움질이냐?"

병국이였다. 병국이가 정낭*에 걸터앉아 비실비실 웃고 있었다.

맹종이는 못 들은 척, 빗자루를 내던지고 계속 구슬만 만들었다.

"나 간다."

정낭에서 풀쩍 뛰어내려 두어 걸음 가던 병국이가 잽싸게 돌아서더니, 맹종이가 만들어 놓은 구슬을 낚아챘다. 순식간이었다.

"야, 내놔!"

맹종이가 벌컥 성을 내며 일어섰다.

"안 주면 어쩔 건데? 산폭도 된 삼촌이라도 불러오게? 나 잡으면 주지."

병국이가 냅다 뛰기 시작했다. 맹종이가 병국이 뒤를 쫓았다. 한 번도 병국이를 이겨 먹지 못했지만, 이번만은, 이번만은 절대 지지 않으리라 이를 악물었다. 병국이가 뒤를 돌아보았다. 맹종이의 호기에 놀랐는지 잠시 머뭇거리던 병국이가 대숲으로 뛰어들었다. 이번에는 무슨 일이 있어도 빼앗긴 구슬을 찾고야 말겠다고 거듭 다짐하며 맹종이도 대숲으로 들어갔다.

환한 대낮인데도 대숲은 어두웠다. 맹종이는 천천히 움직이며 병국이를 찾았지만 어디 숨었는지 보이지 않았다. 맹종이는 가만히 앉아 소리에 귀를 기울였다.

새액, 새액.

어디서 거친 숨소리가 들렸다. 맹종이는 옳다구나 하고 조심조심 숨소리가 나는 쪽으로 발걸음을 옮겼다. 숨소리는 궤에서 나고 있었다. 맹종이는 병국이 잡을 생각

바위굴

제주도 전통 가옥에서 대문 역할을 하는 것으로, 대문 위치에 세운
  큰 돌이나 나무 사이에 걸쳐 놓은 기둥을 가리킨다.

을 하며 작은 궤 안으로 들어갔다. 순간 아무것도 보이지 않았다.

눈이 어둠에 익자 궤 입구에 누워 있는 사람이 보였다. 병국이가 쓰러졌나, 맹종이는 더럭 겁이 났다. 살금 다가가서 얼굴을 살펴보았다. 잠시 맹종이는 숨이 멎었다. 병국이가 아니었다. 몰라보게 야위고 수염이 덥수룩하게 자랐지만, 분명 삼촌이었다. 달무 삼촌.

인기척을 느꼈는지, 거친 숨소리가 멎었다. 달무 삼촌이 눈을 게슴츠레 뜨고 사방을 살폈다. 맹종이와 눈이 마주친 삼촌이 벌떡 일어나다가 "아악!" 소리를 지르며 털썩 주저앉았다. 삼촌 발이 퉁퉁 부어 있었다. 발이 아파서인지, 여기에 있는 걸 맹종이에게 들켜서인지, 삼촌은 한동안 맹종이를 바라보기만 했다.

먼저 입을 연 건 맹종이였다.

"달무 삼촌, 대체 뭐우꽈? 경찰들은 맨날 삼촌 잡으러 집에 오고, 할망은 삼촌 때문에 허리 다쳐그네 꼼짝도 못햄수다. 삼촌 때문에 우리 집 난리도 아니라마씸."

삼촌은 입만 달싹일 뿐 아무 말도 못했다. 그런 삼촌에게서 단내가 풍겼다. 삼촌은 그저 맹종이 손을 잡을 뿐이었다. 삼촌의 손등은 트고 긁히고 말이 아니었다. 거친 손바닥이 맹종이 등을 쓸었다. 울먹이던 맹종이가 그예 울음을 터뜨렸다.

"그러게 말이다. 무신 대단한 일을 한다고 어멍 가심 저렇게 아프게 하고, 형수님도 그렇고."

말을 할 때마다 삼촌의 목울대가 심하게 움직였다.

맹종이는 가만히 삼촌을 바라보았다. 소학교밖에 마치지 못했지만 달무 삼촌은 맹종이의 우상이었다. 늘 열정적이었고 뭐든 열심이었다. 삼촌을 보면 절로 힘이 나고 자랑스러웠다. 그런 삼촌이 언제부턴가 집에 들어오지 않는 날이 많아지더니, 몇 주 전부터는 생사조차 확인되지 않아 가족 모두 애태우고 있던 터였다.

"달무 삼촌, 대체 무슨 일 허는 거우꽈? 그 일이 할머니나 나보다 더 중요허우꽈?"

"그럴 리가 있나게. 우리 식구가 제일 중요허주. 특히 우리 맹종이."

삼촌이 맹종이 머리를 쓰다듬었다.

맹종이와 삼촌은 오래도록 두런두런 이야기를 주고받았다. 가끔 맹종이는 고개를 흔들기도 했다. 맹종이가 대숲에서 나온 건 땅거미가 깔린 뒤였다. 자리를 털고 일어서려는 맹종이를 삼촌이 불러 세웠다.

"잠깐만 기다려 보라이."

삼촌이 행장에서 종이와 연필을 꺼냈다. 한참을 심각한 얼굴로 있다가 톡톡톡 뭐라고 적었다. 그러고는 행장 속을 뒤적여 보릿짚을 꺼내더니 종이를 돌돌 말아 그 속에 집어넣고 보자기에 쌌다.

"전하기만 허라이. 다른 말은 말고."

"알았수다……."

맹종이는 삼촌이 건네는 보자기를 받으며 잠시 망설였다.

맹종이는 보자기를 꼭 끌어안고 뛰듯이 걸었다. 자꾸만 전에 왔던 경찰들이 떠올랐다. 삼촌 때문에 그저 굽실대다 아예 허리를 못 쓰게 된 할머니도 생각났다. 어머니도 생각났다. 어머니가 떠오르자 이 일은 절대 하면 안 되겠다는 생각이 들었다.

안거리 큰구들에 불이 켜져 있었다. 맹종이는 주위를 둘러보며 한참을 서 있었다. 마당을 어슬렁거리다가 촐눌*에서 촐 한 뭇**을 꺼내 그 자리에 보자기를 꽉꽉 눌러 집어넣고는 빼놓았던 촐뭇을 꼬옥 찔러 넣었다. 절로 긴 한숨이 나왔다. 살금살금 난간으로 올라서려는데 방문이 왈칵 열렸다. 어머니였다.

"꼭 도둑고냉이처럼. 너도 니네 삼촌 닮아 감샤? 밤이슬 맞으며 늦게까지 어딜 그렇게 싸돌아다념시? 뒤숭숭한 세상에 그렇게 다니다 무슨 험한 꼴 보려고."

삼촌에 대해서는 언제나 말을 아끼던 어머니였다.

밖거리에서는 아무런 인기척이 없었다. 맹종이는 무덤덤한 얼굴로 어머니 지청구

---

* 마소에게 줄 꼴을 둥그렇게 쌓은 가리.
** 짚이나 장작, 채소 따위의 작은 묶음을 세는 단위.

를 고스란히 다 들었다. 푸념이 끝났는지 어머니가 문을 텅 하니 닫으며 말했다.

"정지에 밥 차려 놨져."

맹종이는 저녁 먹을 생각도 하지 않고 그냥 방으로 들어갔다. 맹종이는 손등을 깨물기도 하고 머리를 쥐어뜯기도 했다. 한참 동안 방 안을 서성이던 맹종이는 새벽이 다 되어 갈 무렵에야 잠이 들었다.

맹종이는 어머니가 깨우지 않는데도 아침 일찍 일어났다. 촐눌을 한번 툭툭 쳐 보고서 개똥을 주워 오고, 촐눌 주위를 잘 정리하고 나서 질퍽거리는 돗통시에 짚을 던져 넣었다. 닭들을 풀어 내 닭장을 청소하고 할머니 방도 깨끗이 치웠다. 하지만 눈길은 자꾸만 촐눌로 향했다. 학교에서도 멍하니 있다 선생님한테 꾸중 듣기가 여러 번이었다.

슬금슬금 눈치 보는 병국이를 뒤로하고 맹종이는 학교가 파하자마자 집으로 내달렸다. 맹종이는 마당을 어슬렁거리며 촐눌을 툭툭 손으로 쳐 댔다. 닭들이 기척을 느끼고 퍼덕거렸다. 밖거리 할머니 방문을 열어 할머니 자는 모습을 보고는 조심스레 방문을 닫았다. 우영밭에 가서 장다리꽃도 꺾어 질근질근 씹어 보고 돗통시에 가서 막대기로 돼지 궁뎅이를 냅다 치기도 했다. 구슬을 만들려고 모아 둔 사금파리들을 울담 쪽으로 툭툭 던져 댔다. 그러나 사금파리는 울담 근처에도 못 가고 서너 발치 앞에 떨어졌다. 맹종이는 마당에 떨어진 사금파리들을 주우러 일어섰다. 그제야 노을이 졌다.

큰구들 불이 꺼졌다. 밤이면 탕건을 짜느라 늦도록 남폿불을 켜 놓는 어머니가 오늘따라 유난히 일찍 잠드신다고 맹종이는 생각했다.

맹종이는 어둠보다 더 무서운 것이 고요라는 사실을 처음 알았다. 집 밖을 나와 타닥타닥 걷는 제 발소리만 들릴 뿐이었다. 걸음을 잠시 멈추면 세상은 다시 고요 속으로 빨려 들어갔다. 맹종이는 더 크게 발걸음을 놓았다.

초등학교를 끼고 돌아 얼마쯤 걸었을까, 커다란 폭낭 아래 초가집 한 채가 있었다. 집은 어둠에 싸여 을씨년스러웠다.

"순길이 삼촌!"

맹종이가 작지만 힘 있는 목소리로 불렀다. 안에서는 아무 기척이 없었다.

"순길이 삼촌! 있수꽈?"

조금 더 큰 소리로 삼촌을 불렀다.

방문이 열리더니 쪽머리를 풀어 옆으로 길게 늘어뜨린 할머니가 얼굴을 내밀었다.

"너 누구고?"

할머니는 고개를 길게 빼고 맹종이를 유심히 바라보았다.

맹종이는 잠시 머뭇거렸다. 뭐라고 해야 할지 얼른 떠오르지를 않았다.

"저, 심부름 와신디예!"

할머니가 방문을 탁 소리 나게 닫았다.

"우리 순길이 엇져. 다신, 다시는 우리 순길이 찾지 말라. 일본 가 부렀져."

닫힌 방 안에서 비명 같은 할머니 목소리가 들려왔다.

땀이 식자 오슬오슬 몸이 떨려 왔다. 맹종이는 올레 어귀에 있는 폭낭 아래 앉았다. 잠깐 구름 속을 비집고 나온 그믐달이 어슴푸레 맹종이를 비춰 주었다. 맹종이는 보자기를 풀어 쪽지를 써넣은 보릿짚을 찢었다. 돌돌 만 종이가 나왔다.

'높은오름. 봉화를 올리시오.'

맹종이는 누가 볼세라 얼른 종이를 잘게 찢었다. 심장이 쿵쿵 뛰었다. 어떻게 할까, 맹종이는 한참을 생각했다. 구름 속으로 들어가는 그믐달을 보고 있자니 경찰에게 연신 고개를 조아리던 할머니 얼굴도 떠오르고, 맹종이가 삼촌을 닮아 간다고 하던 어머니 말도 생각났다.

맹종이는 고개를 세게 저었다. 얼른 집으로 돌아가 따뜻한 방 안에 배를 깔고 눕고 싶었다. 갑자기 마음이 조급해졌다. 저 멀리 마을 불빛이 포근히 빛나고 있었다.

'여기까지 왔으니까 나는 할 일을 다 한 거야. 순길이 삼촌이 일본 간 게 내 잘못은 아니잖아.'

맹종이는 중얼거리며 발길을 돌렸다.

그때였다. 커다란 그림자가 맹종이 앞을 가로막고 흔들거렸다. 흠칫 놀라 뒤돌아봤다. 폭낭이었다. 바람이 불 때마다 폭낭이 커다란 그림자를 흔들어 초가집을 삼키고, 남은 그림자로는 맹종이를 삼키려 하고 있었다. 맹종이는 얼른 몇 걸음 뒤로 물러섰다. 보자기를 꼭 껴안고 숨을 깊이 몰아쉬었다.

'삼촌한테 나쁜 일이 생기면 어떡하지?'

삼촌의 부르튼 손과 퉁퉁 부어오른 다리가 떠올랐다.

'달무 삼촌한테는 아주 중요한 일인 것 같은데, 어떡하지?'

맹종이는 한참 동안 마을을 내려다보다가 오름을 올려다보았다. 마치 누가 다가와 어떻게 하라고 말해 주기를 기다리듯 맹종이는 한참을 그러고 서 있었다.

밤이어선가, 오름은 훨씬 높고 가파르게 느껴졌다. 뛰고 있는 심장 때문인지, 구름 속에 숨었다 나타났다 하는 그믐달 때문인지, 부슬부슬 내리는 비 때문인지, 친구들과 놀러 왔을 때 오르던 오름이 아니었다. 입을 벌려 숨을 쉴 때마다 빗방울이 입안으로 들어왔다. 맹종이는 빗물을 다 받아 먹기라도 할 것처럼 입을 크게 벌려 헉헉거리며 오름을 올랐다. 앞에서, 뒤에서, 옆에서 뭐가 나타날 것만 같아 자꾸만 흠칫거렸다. 한 달 전에 아기 낳다가 죽은 순이 누나가 이 오름 어딘가에 묻혔다는데, 순이 누나 얼굴은 생각 안 나고 바람 소리 속에서 아기 울음소리만 들려왔다.

내려갈까, 맹종이는 생각하며 오름을 내려다보았다. 내려가기엔 너무 많이 올라왔다. 오름을 올려다보았다. 오름 봉우리는 하늘 아래 다소곳이 내려앉아 있었다.

이게 꿈이었으면, 지금 꿈을 꾸는 거라면 좋겠다고 생각했다. 어쩌면 꿈을 꾸고 있는지도 모른다. 맹종이는 잠시 멈춰 서서 눈을 꼭 감고 이불의 감촉을 느끼려고 허공을 허우적거려 보았다. 그러나 잡히는 거라고는 바람뿐이었다. 이번에는 눈을 뜨면 따뜻한 방 안에 있는 거라면 좋겠다고 생각했다. 맹종이는 조심스레 눈을 떴다. 그러나 눈앞에는 온통 깜깜한 어둠뿐.

맹종이는 잠시 어둠을 노려보았다. 차츰 어둠 속에서 바람에 흔들리는 작은 나무와 말갈기처럼 바다로 내달리는 풀들이 눈에 들어왔다. 이어 어슴푸레 산담*이 보이고 그 안에 무덤들, 무덤들 앞에 다소곳이 두 손 모은 동자석들이 보였다.

맹종이는 노래를 부르기 시작했다.

꽃 피는 이 동산 꽃 피는 이 동산 우리 동무들

어깨동무 짜고서 어깨동무 짜고서 정답게 정답게 크자

놀며 놀며 크거라 자며 자며 크거라

어린이 어린이 만세 어린이 어린이 만세**

숨이 차서 노래가 제대로 나오지는 않았지만, 노래를 부르니 무서움이 조금씩 사라졌다. 그래서 학교에서 배운 노래, 할머니가 혼자 흥얼거리던 노래, 알고 있는 모든 노래를 불러 댔다.

오름 정상이 가까워질수록 바람이 점점 거세졌다. 헉헉대는 숨소리를 바람이 삼켜 버렸다. 맹종이는 마음이 급했다. 성냥은 이미 젖어 있었다. 맹종이는 불쏘시개를 찾다 무심코 주머니에 손을 넣었다. 종잇조각들이 들어 있었다. 삼촌 편지를 찢고 나서 주머니에 넣어 둔 모양이었다.

부싯돌을 꺼내 들었다. 손이 덜덜 떨렸다. 두어 번 숨을 몰아 깊게 내쉰 다음 부싯돌 두 조각을 힘껏 맞부딪쳤다. 어쩌다 불빛만 번쩍거릴 뿐, 쉽게 불이 일지는 않았

* 무덤 주위로 네모지거나 둥글게 둘러싼 돌담.
** 1940년에 발표한 박목월 작사, 박태준 작곡의 「어린이 노래」.

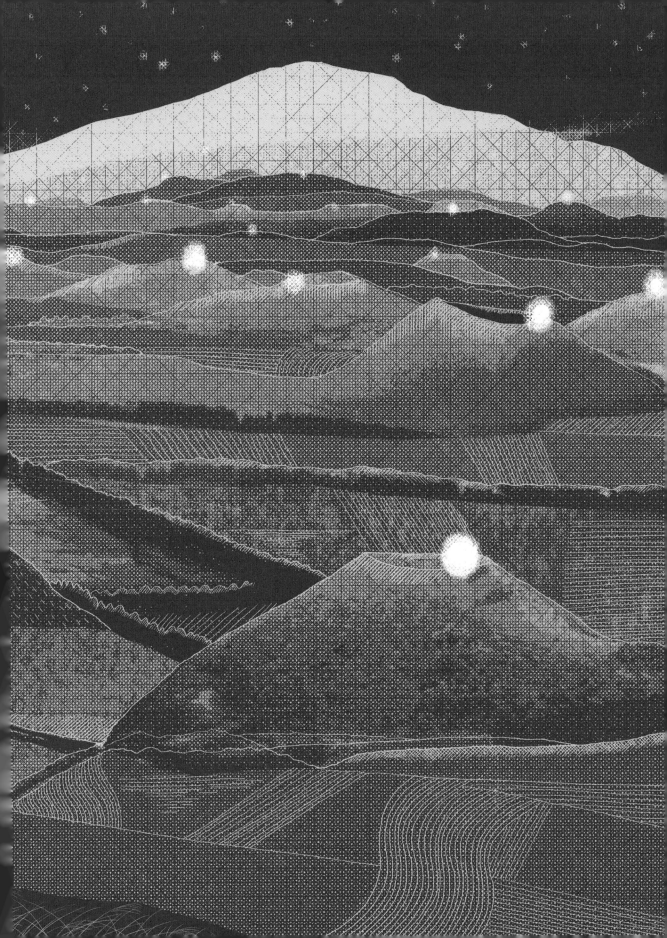

다. 몇 번 더 손끝에 힘을 주었을까, 고물고물 연기가 일더니 휘릭 소리가 나면서 옆에 둔 종이며 지푸라기에 불이 붙었다. 맹종이는 대나무 통 속에 담긴, 기름에 젖은 솜에다 불꽃을 댔다. 불은 부슬비에 아랑곳하지 않고 휙 소리를 내며 타올랐다.

맹종이는 대나무 통을 들고 가만히 서 있었다. 그러자 저 멀리서 또 다른 봉화 하나가 깜빡거리며 오르기 시작했다. 이어 저 멀리 다른 오름에서도 대답하듯 봉화가 하나둘 올랐다. 맹종이는 어느 오름일까 가늠해 보았다. 그러다가 봉화를 들고 서 있을 사람들 생각이 났다. 삼촌 같은 사람들일까. 가슴이 뛰었다. 불기운 때문인지 가슴도 더워졌다. 빗물인지 땀인지 모를 물줄기가 뺨을 타고 주르륵 흘러내렸다.

어떻게 집에 왔는지 알 수 없었다.

기척을 느꼈는지 구들에서 어머니 목소리가 들려왔다.

"오줌 눠시냐?"

"예."

"비 왐샤?"

"아깐 조금 와신디, 이젠 안 왐수다."

"추운디 얼른 들어강 자라."

어머니가 졸음에 겨운 목소리로 말했다. 어머니 목소리가 지금처럼 따뜻하게 느껴진 적이 없었다.

이제 집에 왔구나. 정말 집에 왔구나. 맹종이는 그렇게 생각하며 방으로 들어가 이불 위에 쓰러졌다. 굴묵*에 불을 땐 모양이다. 방 안이 따뜻했다. 이불 위로 따뜻한 기운이 올라왔다. 봉화를 올리고 나서 어떻게 내려왔는지 생각나지 않았다. 뭔가 할 일이 있는데, 뭔가 더 할 일이 남은 것 같은데, 하며 맹종이는 잠 속으로 빠져들었다.

✽ 구들방에 불을 때게 만든 아궁이.

눈을 떠 보니 해가 중천이다. 모든 일이 꿈처럼 느껴졌다. 손등이 따가웠다. 부싯돌 때문인가, 긁힌 자국에 핏방울이 굳어 있었다. 맹종이는 고개를 흔들고 얼른 밖으로 나왔다.

맹종이는 닭장 문을 열었다. 닭들이 파닥거리며 나왔다.

병국이가 정낭에 나타났다.

"야, 너 무사 학교에 안 완?"

부스스한 맹종이 모습을 보더니 병국이가 목소리를 깔고 말했다.

"많이 아프냐? 넌 어제 봉홧불도 못 봐시켜이. 어제는 정말 끝내주더라. 그런데 그게 지서 습격한다는 산군들 신호였대. 우리 마을 지서도 습격당해서 검은개들이 많이 다쳤대."

<small>무장대</small>

맹종이가 아무 말 없자 병국이는 정낭 안으로 구슬을 던져 넣었다.

"나 간다. 참, 여기 구슬. 이자꺼정 세 개여. 몬딱 갚은 거여이."

<small>모두</small>

멀어져 가는 병국이를 보며 맹종이는 부엌에 삶아 놓은 감저 차롱을 들고 마당으로 갔다. 푹신거리는 조짚 위에 털썩 주저앉았다. 모이를 주려는 줄 알고 닭들이 모여들었다. 감저 껍질을 닭들에게 던져 주었다. 맹종이는 닭들을 바라보며 느긋하게 앉아 감저를 먹었다. 아무 일도 없었다는 듯이.

<small>고구마</small>

노랑개, 검은개

1948년 5월쯤 제주도 내 대부분의 마을마다 토벌대(경찰과 국방경비대)의 출동 상황을 감시하는 보초병이 생겨났다. 10대 소년들로 편성된 이 보초병은 마을 어귀나 마을 주변의 '오름'에 올랐다가 토벌대가 나타나면 신속히 마을 사람들에게 알려 피하도록 했다. 마을 주민들은 이런 보초병을 '빗개'라 불렀다. 빗개는 감시원, 초병이라는 뜻의 영어 '피켓picket'에서 유래한 말이다. 미군의 앞잡이라 하여 군인을 '노랑개', 검은 제복을 입은 경찰을 '검은개'라 불렀으며, 군인이 나타나면 "노랑개 온다.", 경찰이 나타나면 "검은개 온다." 하면서 나팔을 불거나 깃발을 흔들기도 했다.

맹종이는 **왜** 봉화를 올렸나요?

1948년 4월 3일
맹종이가 봉화를 올리게 된 사연

맹종이가 삼촌을 대신해 봉화를 올린 날은 1948년 4월 3일 새벽 2시쯤이다. 이를 시작으로 제주는 6년 6개월이라는 긴 시간 동안 우리 현대사에서 한국전쟁 다음으로 많은 인명 피해를 낸 '4·3사건'이라는 피비린내 나는 역사 속에 놓이게 된다.

1948년은 해방을 맞은 지 3년도 채 되지 않은 시기로, 미군정의 통치를 받던 때이다.

미군정은 우리나라를 좀 더 편리하게 통치하기 위해 일제 강점기에 순사를 지낸 사람들을 그대로 경찰에 등용함으로써 도민들의 불만을 샀다. 그래서 제주 사람들은 군인을 미군 앞잡이라는 뜻으로 '노랑개'라 불렀고, 검은 제복을 입은 경찰은 '검은개'라고 불렀다.

「맹종이의 비밀」에도 나오는 것처럼 군인이 오면 "노랑개 왐수다."라고 외치고, 경찰이 오면 "검은개 왐수다."라고 외쳤다. 그러면 남자들은 하던 일을 멈추고 은신처로 마련해 둔 '눌' 속이나 가까운 큰 '궤', 또는 '돗통시'에 숨어들었다. 여자나 어린아이들은 경찰의 추궁을 견뎌야 했다.

이런 상황에서 작품 속 맹종이 아버지는 일본으로 몸을 피하고, 달무 삼촌은 산에 오른 것이다. 4·3사건 이전까지는 1947년의 3·1사건과 그에 이은 3·10 총파업과 관련하여 주로 남자들, 특히 젊은 남자들이 검거 대상이었다. 좌익이든 아니든 상관없었다. 젊은 남자들은 검거를 피해 일본 또는 육지로 밀항하거나 산으로 올랐다. 맹종이가 사는 마을처럼 4·3사건이 벌어지기 전부터 노인과 여자, 아이들만 남아 있는 곳도 많았다. 작품 속 맹종이도 날마다 찾아와 삼촌과 아버지의 행방을 물으며 할머니를 못살게 구는 경찰을 향한 분노, 그리고 경찰과는 반대편에 서 있는 삼촌을 향한 믿음 때문에 봉화를 올렸을 것이다.

◀◀ 제주농업학교에 설치된 미59군정 중대 본부. 성조기가 휘날리고 있다.

◀ 미군이 촬영한 4·3 기록 영화 〈제주도의 메이데이〉. 오라리 마을이 불타고 있다.

▲ 1948년 4월 3일 무장봉기 직후 경찰 및 민간인, 무장대 등의 피해 상황을 표시한 미군정 보고서

봉화는 4·3사건 이전에도 자주 올랐다. 조선 시대에는 통신 수단으로 올리기도 했고, 4·3사건을 전후해서는 미군정과 갈등을 겪는 가운데 무장대의 위세를 과시하기 위해 봉화를 올렸다. 밤에 봉화가 오르면 경찰들은 무장대의 습격이 있을 것으로 알고 가만히 있다가, 다음 날 봉화가 오른 마을을 찾아가 무장대와 내통했다며 마을 사람들을 취조하곤 했다.

무장대는 남로당 제주도당 군사부 산하 조직으로, 4·3사건 전 기간에 걸쳐 500명 선을 넘지 않았던 것으로 추정한다. 하지만 경찰과 군인의 검거를 피해 산으로 오르거나 토벌대에 목숨을 잃으면 무장대로 간주되었다. 초토화작전이 펼쳐진 시기에는 중산간 지대에 거주했다는 이유만으로 노인과 여자, 어린아이 들까지 무장대 취급을 했으며, 무장대에게 동조했다는 이유로 즉결 처형을 하기도 했다.

1948년 초 미군정 치하에서 합법 정당이던 남로당 제주도당은 조직부 연락책이 전향한 탓에 조직의 핵심 간부 등이 검거되면서 궤멸 상태에 빠져들었고, 곧이어 불어닥친 검거 바람 탓에 붙잡힌 청년들은 가혹한 취조를 받았다. 남로당 조직원들 사이에는 조직의 와해는 물론 생명의 위협까지 느껴야 할 정도로 긴장감이 팽배했다.

마침내 궁지에 몰린 남로당 제주도당은 1948년 2월 신촌 비밀회의를 열었다. 이 회의에서 강경파와 온건파가 논쟁을 벌인 끝에 12대 7로 군경찰과 맞서 무장 투쟁을 하기로 결정했다. 그해 5월 10일에 남한만의 단독 선거가 치러지면 한반도는 영구히 남과 북으로 갈라진다는 논리가 4·3 봉기를 결행하는 주요 명분이 되었다.

◀ 5·10선거를 앞두고 들녘으로
  피신한 제주 사람들

◀ 억새풀과 소나무 가지로 움막을 만들어 임시
  거처로 사용하는 주민들 모습

『제주 4·3사건 진상 조사 보고서』*에서는 4월 3일 상황을 다음과 같이 정리하고 있다.

"1948년 4월 3일 새벽 2시를 전후해 한라산 중허리 오름마다 봉화가 붉게 타오르면서 남로당 제주도당이 주도한 무장봉기의 신호탄이 올랐다. 350명의 무장대는 이날 새벽 도내 24개 경찰 지서 가운데 12개 지서를 일제히 공격했다. 또한 경찰 서북청년단 숙소와 독립촉성국민회, 대동청년단 등 우익 단체 요인의 집을 지목해 습격하였다. 이는 1954년 9월 21일 한라산 금족 지역이 전면 개방될 때까지 6년 6개월간 지속된 유형 사태의 시발이었다."

✽ 정부가 2000년 1월 12일 '제주4·3 진상규명 및 희생자 명예회복위원회'를 구성해 2003년 공식 발표한 진상 조사
  보고서. 그러나 4·3사건 전체에 대한 성격을 규정하거나 역사적 평가는 내리지 않았다고 서문에서 밝히고 있다.

높은오름

높은오름은 구좌읍 송당리 중산간 지대의 중앙부에 자리 잡고 있다. 소나 말 등을 방목하기 좋은 까닭에 목장들은 대부분 오름을 끼고 있다. 높은오름도 송당 목장을 끼고 있는데, 오름 높이가 405.3미터로 높은 편이다. 산꼭대기에는 다른 오름들처럼 우묵한 분화구가 자리 잡고 있다.

오름에 얽힌 설문대할망 전설은 제주 사람들이 무엇을 갈망했고 어떤 삶을 살아왔는지 알 수 있게 해 준다. 육지와 제주에 다리를 놓아 달라는 제주 사람들과 옷 한 벌 만들어 주면 다리를 놓아 주겠다는 설문대할망. 설문대할망은 치마로 흙을 날라 다리를 놓으려고 했는데, 그때 치마에서 흘러내린 흙들이 떨어져 '오름'이 되었다. 제주 사람들은 속옷 한 벌 만드는 데 필요한 명주 100동을 모으려 했지만, 99동밖에 모으지 못했다. 명주 한 동이 부족해서 다리 놓는 일은 중단될 수밖에 없었다. 이런 전설 때문에 오름은 안타까움의 상징이 되기도 한다. 그래서일까, 제주 전역에 산재해 있는 오름은 저마다 이야기를 간직하고 있다.

높은오름 등반로는 구좌읍 공설 묘지를 끼고 있다. 정상을 한 바퀴 돌면 제주도 전체를 한눈에 내려다볼 수 있다. 날이 맑으면 한라산뿐 아니라 멀리 성산포 너머 우도, 그 너머 추자도나 전라남도의 여러 섬들까지 보인다. 맞은편에는 백 가지 약초가 자란다는 백약이오름, 오름 자락에 있는 샘에서 흘러나오는 물이 바다 쪽이 아니라 한라산 쪽으로 방향을 거슬러 흐른다는 거슨새미오름, 용이 누운 모양이라는 용눈이오름, 산모양이 한라산과 비슷하여 한라산 손자라는 뜻에서 따온 손지오름, 분화구가 마치 달처럼 보인다 하여 붙여진 다랑쉬오름이 다가온다.

제주의 오름 하면 4·3사건을 빼놓을 수 없다. 어디서 처음 시작했는지는 모르지만 오름에서 일제히 봉화가 오르면서 4·3의 신호탄이 올랐다. 오름에서는 많은 사람이 숨어 지냈다.

제주의 무덤은 동자석과 함께 대부분 산담을 두르고 있다. 방앳불을 놓을 때 무덤에 불이 가지 않게 하기 위해서이고, 말이나 소들을 방목할 때 동물들로부터 무덤을 보호하기 위해서다.

그 언젠가 무장대가 봉화를 올리기 위해 다녔을 등반로에는 깨끗한 길로만 다닌다는 말들의 흔적인 듯 말똥만이 있고, 날씨와 시간에 따라 다채롭게 변하는 오름의 모습을 사진에 담으려는 사진작가와 그저 오름이 좋아 찾아오는 오름지기들이 높은오름과 함께한다.

▲ 높은오름에서 내려다본 풍경

3

글 | 오경임
그림 | 김종민

죽성 할망

"큰년아, 아직도 성안에 안 내려가시냐?"

을생이는 화들짝 놀라 얼른 정지에서 나왔다. 미끌거리던 고무신 한 짝이 벗겨져 정지 안쪽으로 툭, 떨어졌다. 반쯤 먹다 남은 감저를 정지 문턱에 놓고는 벗겨진 고무신 한 짝을 재빨리 꺼내 들었다.

옆집에 사는 죽성 할망이 말똥을 잔뜩 담은 망텡이를 메고 마당으로 들어서고 있었다.

"할머니, 쉿! 개똥이 깨나. 개똥이 깨나면 할머니가 재워 줄꺼? 그리고 내 이름은 을생인데, 자꾸 큰년이랜 불럼수꽈?"

고무신을 신으며 을생이 말했다.

"어이구, 이 비바리* 보라. 먼저 나난 큰년이주게. 지금 그게 문제가 아니여게. 그게 문제가 아니라. 우리 아들이 말허는디 오늘이나 내일, 우리 마을 불태우레 온댄 해라게. 어멍은 게난 오늘도 밭에 가샤?"

죽성 할망이 머릿수건을 풀어 옷을 탁탁 털었다.

"예, 오늘은 콩 꺾으레 갔수다. 이제 콩만 장만하면 아무 때고 소개** 가진댄 헙다다."

"얼른 가야 하는디게."

"높은 경찰 대장 됐다는 영배 삼촌이 그렇게 말했수꽈?"

"기여게."

"암만 그래도 이렇게 좋은 집 놔두고 어디 가마씸? 상방도 이제야 깔았는데."

말은 그렇게 하면서도 며칠 전 수레에 짐을 싣고 성안으로 간 점희네와 임년이네가 생각났다. 외삼촌이 성안에 산다며 자랑하던 점희가 미워서 가다가 똥이나 세 번 밟으라고 침 세 번 뱉고 빌었는데, 갑자기 후회되었다. 성안으로 가면 어디로 가야

✼　조금 성숙하지만 아직 미혼인 여자를 상스럽게 일컫는 말.
✼✼ 무장대의 은신처와 보급처를 없애기 위해 주민들을 해변 마을로 강제 이주시킨 토벌 정책.

하나? 아는 집도 하나 없는데. 외삼촌네 집으로 간 점희를 따라가야 하나, 물질하는 이모네 집으로 간 벙어리 임년이를 따라가야 하나. 아무래도 점희네를 따라가는 게 좋겠다며 어른이 된 듯 근심 가득한 생각을 정리하고 있는데, 죽성 할망이 을생이 어깨를 톡톡 쳤다.

"게난 아직도 아방 소식은 어시냐?"

비밀을 가득 담은 은밀한 목소리였다.

"우리 어멍이 말허는디예. 부산에 있는 양말 공장에 취직했댄 헌게마씸. 나중에 우리 아방이 양말 가져오민 할머니한테도 하나 드리쿠다."

"아이고, 세상도 험허다 험해. 게나저나 얼른 소개 가야 허는디."

죽성 할망이 을생이 말에는 대꾸도 않고 난간에 털썩 앉으며 혼자 중얼거렸다.

"아무렴, 우리나라 경찰이 우리나라 사람 사는 집을 불태우카마씸? 우리 어멍도 불태우진 안 헌댄 헙디다. 이러다 말주, 헌게마씸."

"아앙!"

개똥이가 울기 시작했다.

"할머니 때문에 깨나시난 할머니가 재웁서. 곤죽도 금방 먹어 놓고 울엄져게. 완전 울보. 미워 죽겠다게."

죽성 할망이 망텡이를 둘러메고 일어섰다.

"그런 말 허는 거 아니라. 얼른 구덕 흔들라."

울담 너머로 사라지는 죽성 할망을 보며 을생이는 입을 삐죽거렸다.

"자꾸 우리한테 이사 가랜 허는 거. 우리 집 새집이난 우리 소개 가면 우리 집에서 살려는 거 아니!"

을생이는 애기 구덕을 텅텅 소리 나게 흔들며 중얼거렸다.

"우리 애기 자장자장, 우리 애기 잘도 잔다. 자장자장 웡이 자랑. 우는 애긴 미운 애기, 우는 애긴 장가도 못 간다, 우는 애긴 시집도 못 간다. 자장자장, 자장자장. 쿡

큭."

시집 장가라는 말에 자꾸 웃음이 나왔다. 그래도 마음을 다잡고 새들이 퍼덕이는 감나무를 보며 구성지게 자장가를 불러 댔다.

"자랑 자랑 왕이 자랑.

저레 가는 검동개야, 이레 오는 검동개야.

우리 애기 재와 도라. 느네 애기 재와 주마.

아니 아니 재와 주민 질긴 질긴 총배로

손모가리 발모가리 걸려 매곡 걸려 매영

지픈 지픈 천지소에 뺄 난 날은 드리치곡,

비 온 날을 내치키여. 자장자장 자장자장."*

자장가 때문인지, 텅텅 흔들리는 애기 구덕 때문인지, 개똥이는 금세 새근새근 잠이 들었다.

"아이고, 고운 거! 잘 때는 개똥, 말똥, 소똥, 뱀똥 그중에 우리 개똥이가 제일로 고와."

개똥이 목까지 이불을 끌어당겨 주고서 입을 쪽 맞추었다.

을생이는 흘끔흘끔 개똥이를 바라보며 살금살금 고팡으로 갔다.
　　　　　　　　　　　　　　　　　　　　　　곳간

'산디 쌀이 어느 항아리에 있었더라.'
　밭벼 쌀

산디 쌀 생각을 하니 침이 고였다. 제사며 명절 때 쓰려고 아껴 둔 것이었다. 을생이가 가끔 고팡에 들어가서 산디를 집어 먹는다는 걸 어머니가 알면······.

을생이는 어깨를 으쓱이며 몸을 한 번 흔들었다. 아마 어머니는 툭하면 내뱉는 말

✱ 진성기, 『제주도민요전집』, 디딤돌, 2012, 112쪽에서 인용.

처럼 '다리몽댕이 분질러 놓'거나 '손모가지를 꺾'으려 들 것이다.

종종이 놓인 작은 항아리들 중에서 유난히 반들거리는 항아리 뚜껑을 열었다. 산디 쌀을 한 움큼 움켜쥐고 입속에 털어 넣었다. 오도독오도독 씹히는 소리가 좋았다. 을생이는 쌀을 씹으며 쌀 장난을 했다. 한 주먹 가득 쌀을 움켜쥐었다가 손가락 사이로 쌀알을 흘려보냈다. 그럴 때마다 풍겨 오는 쌀 냄새는 더없이 좋았다. 항아리 속 깊숙이 손을 넣었다. 부드럽게 내려가던 손이 뭔가에 걸렸다. 을생이는 얼른 그것을 들어 올렸다. 아주 작은 자루였다. 자루는 꽁꽁 동여 있었다.

자루 속에는 돌돌 만 종이돈과 함께 금가락지가 있었다.

'이 속에 숨겨 두었구나.'

종이 뭉칫돈과 금가락지를 보고 있자니 부자가 된 것 같았다.

'얼마 전에도 새 고무신 하나 사 달라니까 돈 없다 해 놓구선.'

을생이는 금가락지를 껴 보았다. 언제부턴가 어머니 손가락에서 보이지 않던 반지였다. 금가락지가 손가락에서 빙글빙글 돌았다. 기분이 좋았다. 어머니가 고팡에만 들어갔다 오면 왜 기분이 좋았는지 알 것 같았다.

그때였다. 매캐한 연기 냄새 속에 죽성 할망 목소리가 묻혀 들려왔다.

"아이고, 이게 무신 일이고! 안 된다게. 안 되여."

금가락지를 부리나케 자루에 넣고 얼른 항아리 뚜껑을 닫았다. 급하게 닫느라 항아리 뚜껑에 금이 갔지만 을생이는 알아차리지 못했다. 을생이는 후닥닥 난간으로 뛰어나왔다.

불붙인 빗자루를 든 영배 삼촌과 손에 총과 몽둥이를 든 사람들이 마당으로 들어서고 있었다.

"영배야, 불태우면 안 된다게. 제발 태우지 말라게."

죽성 할망이 영배 삼촌 손에 든 빗자루를 뺏으려고 발버둥 쳤다.

순간, 을생이와 영배 삼촌 눈이 마주쳤다. 영배 삼촌이 멈칫거렸다. 을생이도 얼른 영배 삼촌에게서 눈을 돌렸다. 콩닥콩닥 가슴만 뛸 뿐 아무 말도 나오지 않았다. 울 담 하나를 사이에 두고 살면서, 좋은 일이 있을 때나 나쁜 일이 있을 때 제일 먼저 소식을 나누고 함께한 삼촌이었다.

을생이는 얼른 개똥이를 안아 올렸다. 애기 구덕이 흔들거리더니 옆으로 툭 쓰러졌다.

"차라리 우리 집 태우라. 을생이네 집 대신 우리 집 태우라."

죽성 할망이 영배 삼촌 등을 툭툭 치며 말했다.

영배 삼촌 팔이 점점 밑으로 처졌다. 영배 삼촌은 같이 온 남자들을 곁눈질로 바라보았다. 함께 온 남자들이 한심하다는 듯 삼촌을 쳐다보았다.

"이러지 맙서. 나더러 어떡허랜 말이우꽈?"

영배 삼촌이 몸을 비틀며 죽성 할망을 밀쳐 냈다. 죽성 할망이 마당에 주저앉았다. 을생이는 얼른 죽성 할망 옆으로 갔다. 죽성 할망이 을생이와 영배 삼촌을 번갈아 보더니 땅을 치며 통곡했다.

"영배 삼촌, 우리 집 불태우지 맙서. 삼촌도 같이 지은 집 아니우꽈, 영배 삼촌."

을생이가 울먹이며 말했다.

"아이고, 선생님네들. 죽은 사람 소원 들어준댄 쳐서 이 집만 불태우지 말아 줍서게. 선생님네들게."

죽성 할망은 두 손을 모아 빌며 소리쳤다.

을생이는 아무 말도 못한 채 개똥이만 꼬집었다. 개똥이더러 대신 뭔가 말하라는 듯이. 마침 개똥이가 자지러지게 울어 댔다. 을생이는 개똥이를 어르면서도 자꾸 꼬집었다. 그러면서 목이 먹먹해지도록 마음속으로 어머니 아버지를 불렀다. 부산 양말 공장에 간 아버지가 올 리도 없고, 날이 어두워져야 밭일을 끝내고 어머니가 온다는 것을 알면서도 올레로 자꾸만 눈이 갔다. 올레에는 오라는 어머니 아버지 대신, 누구네 집이 불타는지 자욱한 연기만 스멀스멀 밀려오고 있었다.

"빨리 끝내고 갑시다."

경찰복을 입은 남자가 영배 삼촌을 가리키며 말했다.

영배 삼촌은 이러지도 저러지도 못하고 가만히 서 있었다.

같이 온 남자들이 영배 삼촌을 흘끔흘끔 곁눈질로 바라보았다. 입꼬리가 올라간 모습이 이 상황을 즐기는 것처럼 보였다.

"이렇게 하지 마십서게. 부탁드렴수다."

죽성 할망이 흘러내리는 치마를 추어올리며 이번에는 한 발짝 떨어져 이 모습을 지켜보고 있는 경찰복 차림에 안경을 낀 남자에게 달려갔다.

"왜 이러시오. 우린들 이렇게 하고 싶어 그러는 줄 아시오?"

남자가 뒷걸음치며 말했다.

"후딱 끝내자니까. 시작해."

이상한 모양의 모자를 쓴 남자가 영배 삼촌에게서 불붙은 빗자루를 빼앗아 들었다. 그러자 죽성 할망이 잇돌을 밟고 난간을 건너뛰다시피 하여 상방에 벌러덩 드러누웠다. 모두들 흠칫 멈춰 섰다 .

"할머니, 할머니! 혼저 나옵서. 영배 삼촌, 할머니 잡아. 할머니 잡아. 어멍, 어떡해, 아방 어떡해. 빨리 와. 어멍 혼저 옵서게."

을생이는 분명 큰 소리로 할머니를 부르고 있었지만, 목소리가 되어 나오지 못했다.

"안 된다. 안 되여. 꼭 태워야 하면 나도 같이 태워 불라."

죽성 할망이 마룻바닥을 탕탕 치며 소리쳤다.

"시간 없다. 빨리 해치우고 가자. 집에 불붙이면 나오겠지."

시계를 힐끔 보던 안경 낀 남자의 말에 빗자루를 들고 있던 남자가 지붕 네 귀퉁이에 불을 붙였다.

그때였다. 영배 삼촌이 집 안으로 뛰어들었다. 그 찰나, 옆에 있던 사람 둘이 영배 삼촌 팔을 붙잡았다.

"어머니! 어머니! 혼저 나옵서게."

영배 삼촌이 바둥거렸다. 삼촌이 죽성 할망을 부르는 소리가, 개똥이 울음소리가, 타닥타닥 집이 타들어 가는 소리와 함께 을생이 귓속을 파고들었다.

불은 금세 타올랐다. 한참 타오르던 불은 검은 연기 속에 자취를 감추었다. 바람이 불 때마다 연기가 걷히면서 불꽃이 일었다. 초가지붕을 자욱하게 감쌌던 연기 속에서 불꽃은 서까래를 거쳐 기둥으로 내려오기 시작했다. 윙, 귓속에서 이상한 소리가 났다. 을생이는 고개를 세게 흔들었다.

기둥을 타고 내려오는 불길이, 지난여름 처마에 둥지를 튼 제비 새끼를 잡아먹고 내려오던 능구렁이와 꼭 같았다. 멍하니 바라보고만 있는 을생이 등짝을 어머니가 철썩 때렸었다. 어머니는 누구한테인지 모르지만 두 손을 모아 몇 번 조아리더니, 을생이를 떠밀듯이 앞세워 죽성 할망 집에 마실을 갔다. 갔다 와 보니 능구렁이는 사라지고 없었다. 을생이는 그 기둥을 볼 때마다 자꾸 그 능구렁이가 생각나 한동안 기둥을 만지고 싶지도 않았다.

뭐라도 해야 하는데, 그때나 지금이나 아무것도 할 수 없었다. 그저 멍하니 바라보는 것밖에는.

죽성 할망이 몇 번 기침을 해 대더니 치마를 걷어 올려 코와 입을 가리고는 마당으로 뛰쳐나왔다.

을생이는 그제야 "휴!" 하고 한숨을 쉬었다. 숨을 쉬어도 자꾸만 가슴이 답답했다.

"아이고, 아이고, 콜록콜록."

밖으로 뛰쳐나온 죽성 할망은 몰골이 말이 아니었다. 그을음이 잔뜩 묻은 얼굴에, 눈물 콧물이 범벅이 되어 훌쩍거리고, 머리카락도 불티로 타들어 가고 있었다.

영배 삼촌이 푸대 자루가 땅에 떨어지듯 툭 하고 주저앉았다.

"그러잖아도 요즘 상부에서 중산간 출신 경찰들 사상 검증한다고 하더니, 다 그럴 만한 이유가 있었구먼."

남자 둘이 영배 삼촌을 일으켜 세웠다.

"이번엔 그동안 쌓은 공로를 봐서 눈감아 주지만, 다음에도 이런 식이면 재미없을 줄 알아."

안경 낀 남자가 손으로 입과 코를 막으며 말했다.

영배 삼촌의 어깨며 고개가 축 처졌다.

죽성 할망을 지켜보던 남자들도 콜록콜록 기침을 하다가 '그럼 그렇지!' 하는 표정으로 슬쩍 웃음을 띠며 떠나갔다.

어느 순간 마당이고 담벼락이고 감나무 가지고 할 것 없이 연기로 가득 찼다. 코끝이 맵고 자꾸만 눈물이 나왔다. 기침도 계속 나왔다.

"영배 삼촌 이젠 어떡해."

을생이 말에 한동안 말없이 올레를 바라보던 죽성 할망이 치마를 풀어 코를 팽 풀고 눈가를 쓱쓱 닦았다.

"어떵은 어떵. 산 사람은 살게 마련이고, 살다 보민 살아지는 거주."

개똥이도 연신 기침을 하더니 급기야 콧물 범벅이 된 채 울기 시작했다. 을생이는 손바닥으로 개똥이 얼굴만 닦아 댔다. 눈물 때문인지 열기 때문인지, 아니면 을생이가 하도 문질러 대서인지 개똥이 얼굴이 발개졌다.

"이리 줘 보라."

죽성 할망이 개똥이를 받아 안고, 치마로 개똥이 얼굴을 박박 닦았다. 개똥이는 자꾸 죽성 할망 품으로 파고들었다.

을생이는 눈을 끔뻑이며 눈물 콧물을 손등으로, 옷소매로 닦아 낸 뒤, 자기 옷소매로 개똥이 눈물을 닦아 주려다가 하마터면 소리를 지를 뻔했다. 죽성 할망 가슴에 푹 안긴 개똥이가 죽성 할망 젖을 쪽쪽 빨고 있었다.

"무사, 할망 젖 빨아가난 이상허냐? 넋난 모양이여, 어린것이. 이렇게라도 해서 진정시켜사주, 어떵 말이고?"

눈이 맵고 눈물이 나왔다. 숨을 제대로 쉴 수 없었다. 을생이는 바람을 등지고 서서 계속 기침을 했다.

"니 어멍은 이런 난리가 난 거 꿈에라도 생각햄신가? 아이고, 이럴 때가 아니주. 다 타기 전에 뭐라도 꺼내사주."

할망은 개똥이를 을생이에게 건네고 벌떡 일어섰다. 한참 주위를 두리번거리던 죽성 할망이 치마를 주워 들고 얼굴 위로 한 바퀴 돌려 꼭 묶었다. 저고리섶 아래로 축 처진 젖무덤이 흔들거렸다.

죽성 할망은 큰 숨을 몰아쉬더니 자욱한 연기 속에 날름날름 불꽃이 일고 있는 을생이네 집 안으로 뛰어들어 갔다.

그때였다. 죽성 할망이 속바지 주머니에 돌돌 말아 찔러 넣어 두었던 돈뭉치가 주머니 밖으로 조금씩 올라오더니, 잇돌에 발을 내디딜 때쯤 툭 떨어졌다. 언제나 속바지 주머니에 넣고 다니며 경찰이 된 아들이 주었다고 만나는 사람들한테 자랑하던 돈이었다. 그 모습을 보던 을생이는 저도 모르게 중얼거렸다.

"울 어멍 돈, 금가락지!"

자루 속에 있던 돈과 함께 어머니 금가락지가 생각난 을생이 마음도 바빠졌다. 연기가 덜 오는 감나무 밑에 개똥이를 뉘어 놓고 얼른 할머니를 따라 난간에 올라섰다.

얼굴에 열기가 확 느껴졌다. 매캐한 냄새와 검은 연기에 숨을 쉴 수 없었고, 하도 매워서 도저히 눈을 뜰 수 없었다.

불을 머금은 흙들이 서리 사이에서 투두둑 떨어졌다. 뿌지익, 끼익, 이상한 소리가 나기 시작했다. 을생이는 뒷걸음질 치며 밖으로 나왔다. 뒤이어 죽성 할망도 뛰어나왔다. 구들 벽에 걸어 두었던 옷가지를 손으로 뭉쳐 안고 있었다.

"아이고, 숨차다."

죽성 할망은 얼굴에 감았던 치마를 풀어 코부터 풀고 나서 눈물을 닦아 냈다.

"니도 이걸로 코영 입이영 막으라. 연기 많이 마시면 나중에 가심 아프다."

죽성 할망이 치마를 건네며 말했다.

을생이는 죽성 할망이 주는 치마로 얼굴을 가리고 할머니가 뭐라 할 틈도 없이 집 안으로 들어갔다. 금가락지 생각만 났다.

집 안은 연기로 자욱했지만 불길이 밑으로는 내려오지 않고 있었다. 더듬더듬 고팡으로 들어갔다. 고팡 속도 연기로 가득 차 있었다. 산디 쌀 항아리 뚜껑이 들리기가 무섭게 퉁 소리를 내며 둘로 쪼개졌다. 을생이는 얼른 항아리 속에 손을 넣어 자루를 꺼냈다.

"됐다! 후유!"

깊게 한숨을 쉬고 고팡을 빠져나왔다. 뿌연 연기 속에 죽성 할망이 두 손을 조물거리며 집 안을 기웃거리는 모습이 보였다. 감나무 밑에 누워 있는 개똥이도 보였다. 다행이다, 을생이는 생각했다.

잇돌에 막 발을 내딛는 순간이었다. 삐죽하니 서 있던 기둥이 확 불길을 감싸 안았다. 잠깐 불기둥을 올려다보는 사이, 그 불기둥이 을생이 위로 쓰러져 내렸다. 을생이가 난간에 주저앉는 것과 동시에 죽성 할망이 을생이를 밀쳐 냈다. 불길을 안은 기둥은 할머니 위로 그대로 내려앉았다.

을생이는 쓰러진 채 멍하니 있었다. 아무 생각도 나지 않았다. 을생이 손이 풀리면서 돈과 금가락지가 든 자루가 스르르 떨어졌다.

"아이고!"

줄성 할망이 손을 내저었다.

"할머니, 할머니!"

수없이 할머니를 불렀지만, 소리가 되어 밖으로 나오지는 못했다. 을생이는 얼굴에 동여맨 치마를 박박 풀어냈다. 검붉은 기둥 밑에 깔린 죽성 할망 팔을 있는 힘껏 당겼다. 할머니는 조용히 기둥 밑을 빠져나왔다.

"할머니, 할머니!"

아무리 흔들어도, 죽성 할망은 가는 신음 소리만 낼 뿐이었다. 축 처진 젖무덤이며 다리, 머리, 어느 한 군데 불길이 닿지 않은 곳이 없었다.

을생이는 얼굴에서 벗겨 낸 치마를 들고서 죽성 할망 얼굴에 묻은 숯 검댕을 닦아 냈다.

"할머니이, 할머니이!"

죽성 할망 입이 잠시 옴찔거렸다.

"할머니, 뭐 마씸? 할머니이. 눈 뜹서게, 눈 떠 봅서게. 할머니!"

죽성 할망 손이 잠시 뭔가를 가리킬 듯 움직이더니 이내 힘없이 바닥에 떨어졌다.

"죽지 맙서게, 죽지 맙서게!"

올레 너머에서 빠른 발걸음 소리가 들렸다. 털썩털썩 걸음을 옮길 때마다 볼래낭 가지가 요란하게 흔들렸다. 어머니였다. 어머니는 빨갛게 익은 볼래낭 가지를 얹은 콩뭇을 키보다 높게 지고서 한참을 멍하니 서 있었다. [보리수나무]

"아이고, 세상에! 이런 일도 정말 있구나게. 정말 있구나게."

어머니가 죽성 할망 옆에 풀썩 주저앉았다.

흙벽도 다 쓰려져 내리고, 난간도 다 타들어 가고, 모든 것이 사위어 가는 불길 속에 사라져 버렸다. 타다 남은 정지 문짝만 바람에 끼익 소리를 내고 있었다.

영배 삼촌을 수소문했지만 연락이 되지 않았다. 어머니는 소개 가는 삼촌들을 겨우 붙들어 집 뒤 동백나무 아래에 죽성 할망을 가매장했다. 가매장을 끝내고 나서야 벽장 위 궤 속에서 호상옷을 발견했다. 어머니는 그대로 놔두면 나중에 영배 삼촌이 와서 새로 매장할 때 입히면 된다고 했지만, 을생이는 고집스레 고개를 저었다. [수의] 소중이만 상그라니 입은 죽성 할망 모습이 자꾸만 생각나서였다. [속옷] [얇게]

어머니가 소개 갈 행장을 준비하는 동안, 을생이는 죽성 할망이 묻힌 동백나무 옆에 몰래 작은 구덩이를 팠다.

"할머니, 할머니."

할 말이 많은데, 가슴속에 넘치도록 할 말이 많은데, 말이 되어 나오지를 않았다. 그저 호상옷을 구덩이에 넣고서 꼭꼭 흙만 다질 뿐이었다.

군인들이 왜 마을을 불태웠나요?

1948년 10월
중산간 마을 소개 때 목숨을 잃은 죽성 할망의 사연

1948년 10월 17일, 제주 전역에 소개령이 내려졌다. 소개령은 사전적으로는 공습이나 화재 등에 대비하기 위해 한 곳에 집중되어 있는 주민이나 물자, 시설물 따위를 분산시키는 명령을 뜻한다. 그러나 당시 제주에 내려진 소개령은 국방 경비대 9연대장 송요찬 소령이 발표한 포고문에 의한 것으로, "해안선에서 5킬로미터 이상 들어간 중산간 지대를 통행하는 자는 폭도배로 간주해 총살하겠다."는 내용을 담고 있다.

포고문이 발표된 이튿날인 10월 18일 제주항은 즉각 봉쇄됐다. 그 뒤 1948년 11월 17일 이승만 대통령은 제주도에 계엄령을 선포했고, 계엄령은 12월 31일까지 한 달 보름 동안 지속되었다. 11월 중순부터 강경 진압 작전이 벌어졌다. 이른바 '초토화작전'이다. 중산간 지대에 사는 주민들이 무장대에 도움과 피난처를 제공하고 있다는 가정 아래 채택된 초토화작전은 중산간 마을 주민들을 모두 해안 지대로 내보낸 뒤 무장대가 숨을 수 없도록 마을 전체를 불태워 버리는 전법이다.

4·3사건이 벌어진 기간 중 가장 참혹하고 많은 인명 피해가 이때부터 이듬해 3월까지 약 여섯 달 동안에 집중되어 발생했다. 이전에는 검거 대상이 젊은 남자로 한정됐다. 그러나 계엄령이 선포된 이후로 강경 진압 대상은 서너 살 난 어린아이부터 80대 노인에 이르기까지 남녀노소를 가리지 않았으며, 아무 재판 절차도 거치지 않고 즉시 처형했다.

「죽성 할망」의 시간 배경은 막 소개가 시작될 때다. 그런데 당시 사람들의 이야기를 채록한 내용이나 생존해 있는 분들의 이야기를 들어 보면 모두들 '설마' 했던 것 같다. 설마 우리나라 군인과 경찰이 우리나라 사람들 사는 마을을 불태울까 하는 마음. 참혹한 일제 강점기에도 그런 일은 없었는데, 나라를 되찾은 지금 그런 일이 벌어지리라고는 아무도 생각 못한 듯하다. 그래서 어느 마을이 불태워졌다는 소문이 들려도 설마 하고, 면장이나 이장이 해안 마을로 옮기라 해도 차일피일 미루었던 것 같다. 을생이 어머니처럼. 그 시기가 농작물을 수확할 무렵이어서 더 머뭇거렸을 수도 있다. 농작물에 가족의 한 해 생계가 달려 있는데, 누렇게 익은 콩이며 조, 고구마를 그냥 내버려 둔 채 성안이나 해안 마을로 떠날 수는 없었을 것이다.

소개는 가을 수확이 거의 마무리된 시기에 이루어졌지만, 주민들은 소개 기간이 얼마 안 되리라 여겼기 때문에 곡식을 그냥 곳간에 두거나 땅에 묻어 둔 채로 내려왔다. 이렇게 두고 온 식량은 무장대의 보급 물자가 된다는 이유로 토벌대에 의해 불태워졌다. 소개된 후에는 통행금지령에 묶여 농작물을 수확하러 밭에 나가는 일조차 금지되었다. 통행금지는 오후 8시부터 오전 5시까지였다.

이와 관련해 미군 정보 보고서는 "9연대는 중산간 지대에 위치한 모든 주민들이 명백히 게릴라 부대에 도움과 편의를 제공하고 있다는 가정 아래 마을 주민에 대한 '대량 학살 계획'을 채택했다."고 적고 있다.

집도, 식량도, 살던 고향 마을까지 모두 불태워지는 바람에 의식주의 토대가 한순간에 사라졌다. 살아남은 사람들은 주변의 해안 마을로 제각각 흩어졌다. 물론 「죽성 할망」에 나오는 점희네나 임년이네

◄◄ 진압 작전 계획을 논의 중인 미군 대위와 경비대 장교

◄ 한라산 정상 부근에서 작전 중인 9연대 장병들

▲ 미국 임시군사고문단 보고서에 실린 1948년 10월 13일 새벽부터 8일 동안 진행된 중산간 일대 수색 작전 그림

▲ 불타 버린 마을을 복구 중인 제주 주민들
▶ 이제는 터만 남은 죽성마을

처럼 성안이나 해안 마을에 친척이나 아는 사람이 있으면 그 사람들에게 의지해 정착할 수 있었다. 하지만 대다수 사람들은 곳간이나 마구간, 그나마도 없으면 바닷가에서 막살이(나뭇가지 몇 개로 대충 지은 집)를 짓고 하루하루 연명할 수밖에 없었다.

해안 지대로 옮긴 주민들 중 일부는 무장대에 협조했다는 이유로 집단 학살을 당했다. 결국 이 초토화작전은 생활의 터전을 잃은 중산간 마을 주민 2만 명가량을 산으로 내모는 결과를 빚었다. 그리고 무장대의 습격으로 민가가 불타고 민간인들이 희생되기도 했다.

낮에는 토벌대가 들이닥쳐 무장대에 협조한 사람을 찾느라 혈안이 되었고, 밤에는 무장대가 들이닥쳐 토벌대에 협조한 사람을 취조했다. 중산간 사람들은 토벌대와 무장대 사이에서 이러지도 저러지도 못한 채 가슴을 졸여야 했다.

초토화작전으로 중산간 마을은 95퍼센트가 넘게 불타 버렸다. 4·3사건 후 많은 마을이 재건됐지만, 재건되지 못하고 그대로 사라진 마을도 많다. 마을 사람들이 전부 죽어서 사라진 곳도 있고, 그곳에서 일어난 끔찍한 일을 떠올리고 싶지 않아 마을 사람들이 돌아가지 않은 탓에 사라진 곳도 있다. 영남동, 원동, 곤을동, 무등이왓, 관전동 등 100여 개 마을이 그때 소개되면서 사라진 마을이다. '죽성 할망'의 고향인 죽성마을도 그때 없어졌다.

걸머리

금천마을은 아라동에 포함된 11개 자연 마을 중 하나로 제주도의 전형적인 중산간 마을이다. 예부터 보리, 콩, 유채, 고구마 등을 주로 재배했으며, 1970년대 후반부터는 귤과 딸기를 주로 재배했다.

금천마을은 원래 거마로(巨馬路), 걸머리라 불렀다. 여기에는 두 가지 유래가 전해진다. 하나는 방목차 금천마을을 경유하는 데서 '거마 행로'라는 뜻으로 거마로라 부르게 되었다는 유래다. 다른 하나는 국마를 방목할 때 이곳에서 물을 먹였다 하여 걸마로촌·거마로라 부르게 되었다는 유래다.

일제 강점기에 들어서면서 식민지를 효율적으로 지배하기 위해 일제는 행정 구역 재편에 나선다. 조선 총독부는 임시 토지 조사국을 꾸려 토지 조사 사업을 벌이면서 지도를 제작했다. 이 과정에서 한글 지명이 일본식 한자 지명이나 새로운 이름으로 바뀌었다.

걸머리도 예외는 아니다. 금산공원 안에서 식수로 쓰던 금천수(錦泉水)의 이름을 따 금천마을로 일컫게 되었다.

"금산 물? 그 물 정말 달고 맛 좋아 나서. 밭에 갈 때면 그 물 한 허벅 길어다 풀로 덮어 뒀다가 한낮이 되도록 일허당 먹곡 해신디, 지금 냉장고에 있는 얼음물하고도 안 바꿀 정도로 시원했주."

걸머리에서 살다가 소개 때 성안으로 내려와 자리 잡고 사는 문순봉 할머니(88세)의 말이다.

금천마을도 4·3의 광풍을 피해 가지는 못했다. 특히 중산간 마을 가운데 상당수는 그 뒤에도 복구되지 못한 채 폐촌으로 변해 버렸다. 복구된 마을 중에도 예전 마을 주민들이 온전히 복귀하지 않은 곳이 많았다. 무장대가 주로 산간 지대와 중산간 마을을 중심으로 활동했기 때문에, 중산간 마을은 무장대와 진압 군경이 충돌하는 과정에서 큰 피해를 입을 수밖에 없었다.

1949년 8월부터 마을 재건 사업이 시작됐지만 공비 출몰 지역이라 하여 자주 소개 대상이 되었고, 사건 과정에서 마을 사람들이 집단으로 희생된 흔적이 남아 있어 돌아가기를 원하지 않는 주민들도 많았다.

1962년까지 원래 살던 곳으로 복귀하지 않은 이재민은 제주도 전체에서 4만 419명이었다. 정부와 제주도 당국이 적극적인 복구 사업을 벌였지만, 전체 이재민의 절반 가까운 주민들이 원주지 복귀를 꺼렸다는 것이다.

그러나 금천마을은 5·16도로가 개통되면서 조금씩 인구가 늘어났으며, 제주대학교·신성여고 등 교육 기관들이 아라동·영평동으로 이전하면서 더욱 인구가 늘었다. 아라 지구로 개발되고 있는 지금은 4·3사건의 상흔이 어디에도 보이지 않는다.

▲ 개발이 된 현재의 걸머리(금천마을)
▶ 물이 다 말라 버린 금산공원

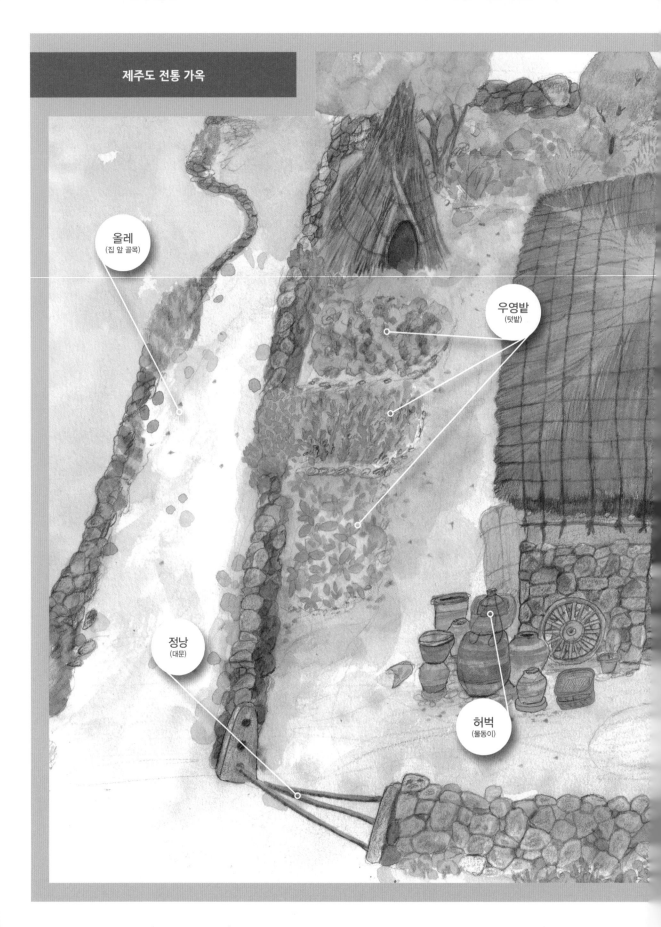

제주도 전통 가옥

올레
(집 앞 골목)

우영밭
(텃밭)

정낭
(대문)

허벅
(물동이)

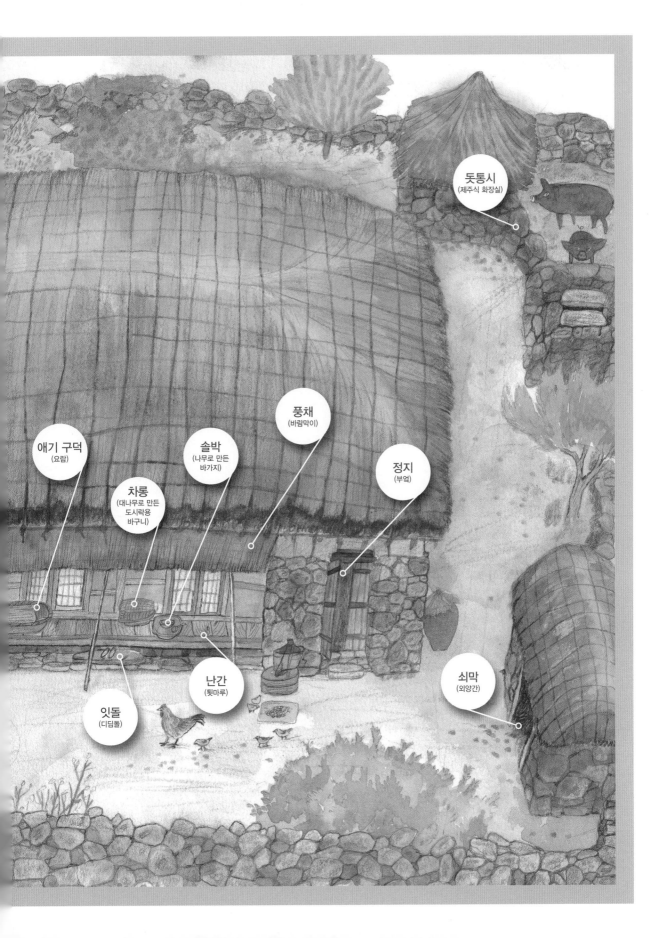

돗통시
(제주식 화장실)

풍채
(바람막이)

애기 구덕
(요람)

솔박
(나무로 만든
바가지)

차롱
(대나무로 만든
도시락용
바구니)

정지
(부엌)

잇돌
(디딤돌)

난간
(툇마루)

쇠막
(외양간)

무동이

글 | 현택훈
그림 | 조승연

4

"밖에 눈 내렴져."

무동이가 축축한 벽에 손바닥을 대며 말했다. 할머니 얼굴의 주름처럼 벽이 주글주글했다.

"그걸 어떵 알아?"

길중이가 무동이에게 물었다.

"난 영 벽에 손만 대 보민 알 수 이신다."

"어중기* 같은 소리 허고 있네."

"너 같은 귓것**은 알 수 없다게."

"무신거? 이걸 그냥……."

길중이가 무동이를 때리려고 하자 무동이가 한 걸음 뒤로 물러섰다.

저벅저벅.

어둠 속에서 누가 걸어 들어오는 발소리가 들렸다. 그 소리가 울려서 이상한 바람 소리처럼 들렸다.

"쉿!"

무동이가 입에 집게손가락을 갖다 댔다.

"용호 형이겠지?"

길중이가 낮은 목소리로 물었다.

무동이와 길중이는 바닥에 납작 엎드렸다. 무동이가 "한라산." 하고 말하자 어둠 속에서 "돌멩이."라는 대답이 들려왔다.

어둠 속에서 서서히 나타난 사람은 용호 형이었다.

"용호 형!"

길중이가 반가운 마음에 용호 형을 불렀다.

---

* 정신이 또렷하지 못하거나 모자란 사람을 얕잡아 이르는 말.
** 원래 귀신을 뜻하지만, 흔히 바보라고 구박할 때 쓰임.

"보초 잘 서고 이신게?"

용호 형이 길중이의 머리를 쓰다듬었다. 용호 형은 눈을 많이 맞아서 옷이 흠뻑 젖어 있었다.

"내 말 맞지?"

무동이가 으스대며 말했다.

"너, 용호 형이 눈 오는 밤에만 마을에 가서 먹을 거 챙겨 오는 거 알고 그런 소리 햄지?"

길중이가 무동이를 째려보았다.

"감저 먹으라."

용호 형이 바랑에서 고구마를 두 개 꺼냈다. 무동이는 길중이의 말에 신경 쓰지 않고 받아 허겁지겁 먹었다. 그 모습을 보며 길중이도 고구마를 우적우적 씹었다.

길중이는 무동이가 고구마를 먹느라 정신없을 때 한쪽 손바닥을 동굴 벽에 가만히 대 보았다. 벽이 차가울 뿐, 밖에 눈이 오는지는 알 수 없었다.

큰넓궤 동굴에 들어온 지 한 달하고도 보름이 지났다. 병든 몸이라 가지 않겠다는 무동이 할머니를 병호 삼촌이 설득했다. 산북*의 어떤 마을은 전체가 불에 탔다고 했다.

큰넓궤에 들어오는 날에도 눈이 내렸다. 이불과 먹을 것을 짊어진 어른들이 수군거리며 걸었다. 무동이는 무슨 말인지 알 수 없었지만, 먹을거리가 든 보따리만큼은 가슴에 꼭 안고서 옹송거리며 걸었다. 어른들 허리까지밖에 오지 않는 작은 키라서 걸음을 빨리해야 따라갈 수 있었다. 또래 아이들보다도 더 작아서 무리 중에 있으면 잘 보이지 않을 정도였다.

채비를 한다고 했지만 다른 사람들의 짐에 견주면 턱없이 부족했다. 걷는 중에도 할머니는 기침을 해 대곤 했다. 먼저 와 있는 삼촌 가운데 몇이 동굴 어귀에서 길라잡이를 했다. 눈이 많이 와서 사방을 분간하기 힘들었지만, 멀리 당오름만큼은 알아볼 수 있었다.

큰넓궤는 하도 깜깜해서 들어갈 엄두가 나지 않았다. 호롱불을 밝혀야 겨우 사위를 분별할 수 있었다. 궤 안은 꽤 넓었다.

동굴에 들어오고 나서 열흘 동안 무동이는 똥이 안 나왔다. 열흘 만에 나온 똥에는 피가 범벅이었다. 무동이는 똥구멍이 찢어진 것 같아 고개를 사타구니 아래로 집어넣고 확인해 보려고 했지만, 잘되지 않았다.

길중이는 처음 며칠은 괜찮더니 어느 날부터 들입다 설사만 했다. 제대로 먹은 게 없어서 그런지 물똥만 싸는 길중이의 낯빛도 누렇게 떠 있었다.

가까이 다가가도 움직이지 않던 박쥐가 손으로 잡으려 하자 무동이의 머리를 치고 날아갔다. 그 바람에 무동이가 뒤로 나자빠졌다. 그 모습을 보고 길중이가 웃어 댔

* 한라산 북쪽 지역.

다. 무동이와 길중이는 어슴푸레한 궤 안에서 숨바꼭질을 하기도 했지만, 병호 삼촌한테 꾸지람을 듣고 난 뒤로 그만두었다.

궤 입구에서 여덟 걸음 정도 기어서 가면 넓은 방 같은 곳이 나온다. 마을 사람들은 만일을 대비해서 그곳에 방호벽을 세웠다. 무동이와 길중이는 방호벽을 사이에 두고 나뭇가지로 칼싸움 장난을 하다가 어른들에게 혼이 나기도 했다.

보초 서는 날에는 졸음을 참아야만 했다. 자꾸만 눈이 감기던 무동이는 까무룩 잠들었다가 할머니의 기침 소리에 정신을 차렸다. 할머니 기침 소리에 다른 사람도 한두 명 잠이 깼는지 이불 부스럭거리는 소리가 들렸다.

할머니가 물을 찾자, 무동이는 눈을 녹여 담아 놓은 물을 건넸다. 어둠 속에서도 할머니의 주름과 누런 이가 희미하게 보였다. 동굴에 들어온 뒤로 할머니는 몸이 부쩍 나빠졌다.

"어린것이 잠도 못 자고 이게 무슨 고생이니게."

잠에서 깬 할머니가 무동이에게 말했다.

조금 전까지만 해도 깜빡 잠들었던 무동이는 뜨끔했다.

다음 차례 보초는 길중이였다.

"길중아, 일어나."

무동이가 흔들어 깨웠지만 길중이는 이불을 머리 위까지 끌어당겨 덮으며 몸을 홱 돌렸다.

"야, 일어나라게."

무동이가 마구 흔들어 대자 길중이가 겨우 일어났다. 눈을 비비면서 길게 하품을 했다.

"똥 먼저 누고 오켜."

길중이가 바지춤을 올리며 통시로 갔다.

"혼저 다녀와."

무동이가 길중이 뒤통수에 대고 말했다.

한참을 기다려도 길중이가 오지 않아 무동이는 궤 입구 쪽에 임시로 해 놓은 통시에 가 보았다. 똥 냄새가 점점 진해졌다.

어둠 속에 쭈그리고 앉아 졸고 있는 길중이가 보였다.

"야, 길중이 너 진짜……."

난리가 언제 끝날지 알 수 없었다. 길어야 열흘 정도겠지 하고 들어왔는데 벌써 두 달이 다 되어 가고 있었다. 언제까지 이렇게 숨어 있어야 하는지 몰라 한숨을 쉬는 어른들이 많았다. 사람들은 갖고 온 음식을 아껴 먹기는 했지만, 그마저 동나면 어떻게 버텨야 할지 막막해하는 표정들이었다.

할머니는 음식을 먹다가 게워 내기도 했다.

"저러다 동굴 속에서 송장 치르겠네."

무동이는 그 소리를 똑똑히 들었다. 누구 입에서 나왔는지는 정확히 모르겠지만, 송장이라는 말에 소름이 돋았다. 그 소리가 들려온 쪽으로 눈을 흘겼다.

"이러다 무동이가 할망 똥 치우켜."

병호 삼촌 목소리였다.

"무사 여기에 오자고 해수꽈?"

무동이가 병호 삼촌에게 대거리를 했다.

"뭣? 마을에 이서시민 다 불타서 죽을 걸 데려왔더니……."

"여기 있다가 다 죽을 거우다."

무동이가 병호 삼촌을 향해 버럭 소리를 질렀다.

"어린놈이 말하는 거 봐라?"

병호 삼촌이 무동이 쪽으로 다가오며 말했다.

퍽. 병호 삼촌이 무동이의 뒤통수를 내리쳤다. 씩씩거리는 무동이를 길중이가 말

렸다.

　하루하루 지날수록 먹을거리가 점점 줄어들었다. 몇은 밤에 몰래 마을로 내려가 땅속에 저장해 둔 것을 가져오기도 했다. 처음에는 마을에 다녀오는 것을 다들 반대했다. 자칫하다가는 동굴 속에 숨어 있는 것이 발각될 수 있기 때문이다. 하지만 동굴 속에서 굶어 죽을 수는 없다고 생각하는 사람이 차츰 많아져서, 결국엔 몸이 날랜 사람이 다녀오는 것으로 했다.

　삼밧구석에 사는 용호 형은 달음박질을 잘해 근동에서 유명할 뿐만 아니라, 제주도 대표로 전국 대회에 나가라는 제안도 많이 들었다. 그러나 대회에 다녀오면 농사를 망치게 된다며 나가지 않았다. 힘도 장사여서 식량을 한꺼번에 많이 갖고 왔다. 그래서 이웃 사람들은 자기 집에 들러 먹을 것을 갖다 달라고 용호 형에게 수시로 부탁했다.

　"이건 무동이 먹으라."

　용호 형이 무동이에게 고구마 몇 개를 내밀었다.

　무동이는 고구마를 돌로 으깨서 할머니가 드실 수 있게 했다. 먹을 만한 게 거의 없어서 걱정이었다. 끼니 거르는 일은 예사였다. 사람들은 자기 가족의 식량을 보따리 깊숙한 곳에 숨겨 놓고서 조금씩 꺼내 먹었다.

　무동이는 눈 녹인 물을 먹으며 배고픔을 달래야 했다. 동굴 속에서 계속 버티려면 먹을 게 있어야 하는데 큰일이었다. 처음에는 먹을 것을 곧잘 나눠 주던 사람들도 자기네 사정이 딱해지자 나눠 주는 일이 점점 줄어들었다.

　어느 날 동굴 속에서 보초를 서는 밤, 무동이는 어둠 속을 더듬거려 용호 형의 식량 보따리 속에 손을 집어넣었다.

　'몇 개만 가져가면 모를 거야.'

　무동이는 주위를 살폈다. 호롱불도 끈 상태라 사방이 깜깜했지만, 누가 눈을 부릅

뜨고 자기를 보고 있는 것 같아 손이 떨렸다.

무동이는 무 한 개를 할머니 머리맡 바랑 속에 넣고 다시 제자리로 돌아와 보초를 섰다.

이튿날, 할머니는 무를 먹으며 무동이에게 물었다.

"어디서 난 거고?"

할머니 목소리는 낮고 힘이 없었다.

"예……, 그게……. 아, 용호 형이 어제 저한테 줘수다."

무동이가 잠시 망설이다가 둘러댔다.

"용호가 또 줘? 이렇게 고마울 데가……."

용호 형이 큰넓궤 밖 작은 동굴에서 보초를 서는 시간이어서 다행이었다.

무동이는 보초를 끝내고 동굴 안으로 들어오는 용호 형의 시선을 피했다. 용호 형이 보따리를 풀고 식량을 꺼낼 때는 마음이 조마조마했다. 들켜서 도둑으로 몰릴까 봐 겁이 났다. 다행히 용호 형은 눈치채지 못한 것 같았다. 무동이는 안도의 숨을 크게 내쉬었다.

며칠 지나니 먹을 게 또 떨어졌다. 무동이는 밤에 보초를 서다가 이번에도 용호 형의 보따리 쪽으로 살금살금 기어갔다. 가슴이 두근거렸다. 보따리를 풀고 막 손을 집어넣으려는 찰나, 갑자기 누가 무동이 손을 확 잡았다.

"으악!"

너무 놀란 나머지 무동이는 비명을 지르고 말았다. 그 소리에 몇몇 사람이 잠에서 깼다.

무동이는 자기 손목을 잡은 사람 쪽으로 얼굴을 돌렸다. 시커먼 어둠 속에서도 그 눈빛을 확연히 알 수 있었다. 병호 삼촌이었다.

"니가 도둑놈이구나!"

병호 삼촌이 버럭 소리를 질렀다. 병호 삼촌네도 식량이 바닥나 신경이 곤두서 있

는 상태였다. 병호 삼촌네는 눈 녹인 물과 멜젓을 조금씩 아껴 먹으며 겨우 버티고

있었다.

"아, 아니우다."

무동이는 일단 훔치는 게 아니라고 우겨 보려 했다.

"아니라고? 아맹 어두운 궤 속이지만 내 눈으로 똑똑히 봐신디, 아니라고 하네?"

둘의 말소리에 몇 명이 더 잠에서 깼다.

"병호야, 그냥 봐줘 불라. 어린게 얼마나 배고파시민 경해시크냐?"

길중이 할아버지였다.

"경해도 도둑질허면 됩니까? 다들 먹을 거 어성 햄신디 누군 지금 배고프지 않으

꽈?"

마침내 용호 형도 잠에서 깼다.

"무동이 너였구나."

용호 형이 무동이 곁으로 다가오며 말했다. 먹을 것을 나눠 주던 때와는 정반대로

목소리가 차가웠다.

"저, 아니우다."

무동이는 발뺌하는 수밖에 없었다.

"무동이 니가 아니면 누구란 말이고? 며칠 동안 계속 바랑 속이 비길래 벼르고 있

었는데, 니가 쥐새끼였구나."

쫘악.

병호 삼촌이 무동이 등짝을 후려쳤다. 그 서슬에 무동이가 앞으로 넘어졌다. 넘어

지면서 귀밑이 찢어져 한 줄기 피가 흘렀다.

"딱……, 한 번 훔쳐신디……."

무동이가 울먹거리며 말했다.

"끝까지 거짓부렁하네!"

병호 삼촌이 용호 형보다 더 기를 쓰며 윽박질렀다. 소란이 가라앉지를 않자, 무동이 할머니가 병든 몸으로 기어 와 병호 삼촌을 막아섰다.

"내가 미안허다. 내가 미안허여. 병든 이 할망 먹이젠 해실 거여."

무동이 할머니가 무동이를 끌어안으며 말했다.

"이게 뭣들 하는 거라! 다들 그만허여!"

길중이 할아버지가 언성을 높이자 병호 삼촌과 용호 형이 고개를 숙였다. 잠을 깬 사람들이 수군거리던 소리도 사라져 주위가 조용해졌다. 무동이가 울먹거리는 소리만 동굴 안쪽으로 퍼졌다.

도둑놈이 되고 보니 길중이도 무동이와 잘 어울리려고 하지 않았다. 시무룩해져 무릎 사이에 고개를 묻고 가만히 있는 무동이에게 용호 형이 다가왔다.

"나가면 뭐 하고 싶으냐?"

용호 형이 무동이에게 물었다.

"네? 동굴 밖으로마씨?"

"그래. 여기서 나가면."

"……정자나무 아래에서 비석치기도 하고 싶고……. 아, 꿩도 잡고 싶고……."

잠시 망설이던 무동이가 대답했다. 용호 형이 꿩바치이기도 해서 꿩 생각이 났다.

"그래, 우리 나가면 꿩 잡으러 가자. 지난가을에 오름 올라강 꿩 잡았던 거 기억남시냐?"

"네, 기억남수다."

무동이가 밝게 웃다가 도로 울상을 지었다.

"아이들이 나더러 도둑놈이라고 놀릴 거라마씨."

무동이가 어깨를 축 늘어뜨렸다.

"여기서 나가면 넌 도둑놈 아니여. 난리가 끝나 여기서 살아 나가기만 하면……."

무동이는 고개를 떨군 채 용호 형과 꿩 잡으러 다니던 기억을 떠올렸다. 꿩이 잘

다닐 법한 풀숲에 꿩코를 놓았다. 꿩이 올무에 걸려 빠져나오려고 움직이면 움직일
수록 줄이 꿩의 몸을 더욱 옥조이는 것이다. 겨울이 꿩 사냥하기 좋은 때라며 용호
형은 괜스레 털모자를 탁탁 털며 아쉬워했다. 제주는 예부터 호랑이나 승냥이 같은
맹수가 없어서 꿩이 많다고 용호 형이 말했었다.

무동이는 마을 사람들이 동굴 속에 숨은 오소리가 된 것 같다는 생각이 들었다.

할머니의 몸은 점점 쇠약해져 갔다. 무동이는 집 돌담 가에 묻어 둔 산디 생각이
간절했다. 용호 형이 먹을 것을 조금씩 주긴 했지만 더는 염치가 없었다.

지슬을 조금씩 먹으며 버티고 있었지만, 식량은 점점 줄어들었다. 무동이는 제대
로 먹지를 못해 눈이 퀭했다. 길중이도 힘없이 누워 있곤 했다. 용호 형이 아니었다
면 무동이와 할머니는 동굴에서 굶어 죽었을 것이다.

먹을 것을 가지러 마을에 간 병호 삼촌이 돌아오지 않아 동굴 속 분위기는 더 뒤숭
숭해졌다. 몇은 병호 삼촌이 바닷가 마을로 내려간 것 같다고도 했다.

눈이 많이 내리는 밤이었다. 용호 형이 먹을 것을 가지러 마을에 내려간다고 했다.

"용호 형, 나도 데려가 줍서."

무동이가 떼쓰듯 말했다.

"넌 여기 이시라."

용호 형이 무동이를 말렸다.

"용호 형네만 먹을 거 가져오고……, 우리 할망 먹지 못하면……."

무동이가 울먹거리며 용호 형의 소매를 잡았다.

"그럼……, 내 옆에 딱 붙엉 따라와야 헌다."

용호 형이 망설이다 목소리에 힘을 주며 말했다.

용호 형과 무동이는 큰넓궤를 빠져나왔다. 달빛에 의지해 마을까지 가는 길은 밤길이라 더 멀게 느껴졌다. 눈밭 위를 몇 번이나 넘어져 뒹굴었다. 그럴 때마다 용호 형이 일으켜 주었다. 어둠 속에서 토벌대가 나타나 총구를 들이밀 것 같아 무서웠다. 나무가 토벌대처럼 보여 흠칫 놀라곤 했다.

마을 어귀에 다다라서야 겨우 안도감이 들었다. 먼저 용호 형네 집에 가서 먹을 것을 찾고, 그다음엔 무동이네 집에 가서 먹을 것을 찾았다.

무동이는 돌담 아래 묻어 둔 항아리에서 산디를 꺼내 보따리에 담았다. 산디가 첫눈처럼 깨끗했다. 그리고 기침이 잦은 할머니가 떠올라서 집에 들어가 이불 한 채를 꺼내 왔다.

"혼저 나오라게. 눈이 곧 그칠 거 같은게."

용호 형이 마당에 서서 나지막한 소리로 무동이를 불렀다.

눈이 그치고 있었다. 왔던 길을 되밟아 다시 큰넓궤 쪽으로 막 걸음을 옮기려고 하는데, 눈 쌓인 올레 옆 도랑에 뭐가 보였다.

"용호 형, 저거 뭐우꽈?"

"무신거?"

무동이와 용호 형이 허연 물체에 가까이 가 보았다.

'뭐지?'

가까이 가서 보니 그것은 병호 삼촌이었다. 병호 삼촌이 도랑 속에 고꾸라진 채 누워 있었다. 몸 위에 눈이 쌓여 있었지만 갈중이가 온통 피로 물든 것을 알 수 있었다. 총에 맞은 모양이었다.

무동이가 비명을 지르려 하는데 용호 형이 무동이의 입을 막았다.

"읍."

무동이는 너무 놀라고 끔찍해서 울음이 터질 것 같았지만 꾹 참았다.

둘은 숨죽여 걸었다. 어느새 눈이 그쳐 서둘러 걸었는데도 새벽이 다 되어서야 큰 넓궤에 도착했다.

아침이 되자 무동이는 할머니에게 산디로 밥을 지어 드렸다.

"눈이 많이 내렸으니 올해는 농사가 잘되켜."

할머니가 모처럼 엷게 웃었다.

할머니가 웃어서 무동이는 기분이 좋았지만, 마음 한편에서는 죽은 병호 삼촌의 모습이 자꾸만 떠올랐다.

무동이는 길중이에게도 산디로 만든 주먹밥을 줬다. 길중이는 정신없이 주먹밥을 먹었다. 입 주위에 붙은 밥풀까지 떼어 먹었다.

"넌 무사 안 먹잰?"

무동이가 주먹밥을 먹지 않고 멍하니 있자 길중이가 물었다.

"나, 어제 병호 삼촌 봤져."

"어디서?"

무동이는 고개를 숙인 채 돌멩이로 동굴 바닥만 긁었다.

"어디서 봐신디?"

길중이가 보챘지만, 무동이는 대답하지 못하고 고개만 더 아래로 떨구었다.

그런데 무동이는 꿈에도 모르고 있었다. 자기가 밤새 끙끙대며 품에 안고 온 이불

끝자락이 땅에 질질 끌려서, 큰넓궤로 가는 길을 알려 주고 있다는 것을.

그 길을 따라 토벌대가 무리를 이루어 동굴을 향해 올라오고 있었다.

무동이는 **왜** 굴속에 숨었나요?

1948년 겨울
무동이가 큰넓궤에 숨어 지내게 된 사연

　　1948년 겨울 제주도에는 눈이 유난히 많이 내렸다고 한다. 소개령이 내려져 마을이 불타고, 중산간 마을에 산다는 이유만으로도 잡아가던 때여서 살기 위해 도망쳐야만 하는 상황이었다.

　　1948년 11월 중산간 마을에 대한 초토화작전이 실시되면서 안덕면 동광리 일대의 마을 사람들은 야산에 흩어져 숨었다. 마을 근처 도너리오름이나 곶자왈에 수풀이 우거져서 숨어 있을 만했다. 그러나 겨울이 되어 점점 추워지고 눈이 많이 내리자 사람들은 몸을 숨기기 좋은 큰넓궤로 모여들었다. 「무동이」에 나오는 무동이와 길중이도 마을 사람들과 함께 큰넓궤로 들어가 두 달여 동안 숨어 있는 것으로 설정했다. 동굴 속에는 동광리 무동이왓과 삼밧구석 사람들 120여 명이 모여 있었다.

　　큰넓궤 주변은 4·3사건이 일어나기 전부터 마을 공동 목장으로 소나 말을 키우던 곳이다. 그래서 마을 어른들은 큰넓궤를 잘 알고 있었을 것이며, 그곳에서 비를 피하기도 했을 것이다. 큰넓궤 입구는 좁아서 한두 사람이 겨우 기어들어 갈 정도다. 그렇지만 몇 미터만 더 기어가면 많은 사람들이 들어갈 수 있는 널찍한 공간이 나온다.

　　하동 사람들은 아랫굴, 상동 사람들은 윗굴에서 살았다. 굴 한쪽에 변소 자리를 정해서 이용했는데, 상동 사람들은 변소가 있는 굴까지 가기 힘들어 항아리에 쌌다가 한꺼번에 버리곤 했다.

　　청년들은 큰넓궤 주변의 야산이나 작은 굴에 숨어 망을 보고 식량과 물을 나르기도 했다. 물은 근처 웅덩이에 있는 것을 항아리로 길어다 먹었고, 밥은 큰넓궤에서 조금 떨어진 도엣궤에서 지었다. 밖에 다닐 때는 발자국이 나지 않게 흙을 밟지 않고 돌만 딛고 다니거나, 마른 고사리를 꺾어다가 발 디딘 곳마다 꽂아서 발각되지 않게 했다.

삼밧구석에서 큰넓궤까지는 걸어서 30분 정도 거리이고, 무동이왓에서 큰넓궤까지는 걸어서 한 시간 정도 거리이다. 마을 사람들은 삶의 터전인 집과 밭을 두고 멀리 갈 수도 없었다. 거의 매일 밭에 나가 일을 해야만 수확해서 먹고살 수 있었기 때문에, 그 밭을 등지고 멀리 갈 수는 없는 처지였다.

그런데 토벌대에게 추적당한 끝에 큰넓궤의 위치가 들통 났다. 토벌대가 들어오자 마을 사람들은 이불솜이나 고춧가루를 태워 연기를 밖으로 내보내며 저항했다. 연기 때문에 굴 가까이 가지 못한 토벌대는 굴속에 대고 마구 총을 쏘았다. 날이 어두워져 토벌대가 물러가 버린 뒤 굴속에 있던 사람들은 한라산 쪽으로 도망쳤다. 그 뒤 동굴 속에 있던 사람들은 한라산 영실과 이웃한 볼레오름 근처에서 토벌대에게 총살당하거나, 생포된 후 정방폭포와 그 인근에서 학살당했다.

그때 동굴 속에서 숨어 지내던 사람들이 토벌대에게 발각되어 희생당한 곳은 큰넓궤 말고도 어욱산전궤, 빌레못동굴, 다랑쉬동굴, 목시물굴 등 제주도 곳곳에 있다. 제주4·3연구소가 다랑쉬동굴을 발견한 것이 1991년 12월이다. 그런데 1992년 5월 행정 기관이 새벽녘에 동굴 속의 유해들을 화장해 바다에 뿌려 버렸다. 지금까지 찾지 못한 유해들은 아직도 어느 동굴 속에 잠들어 있을지도 모른다.

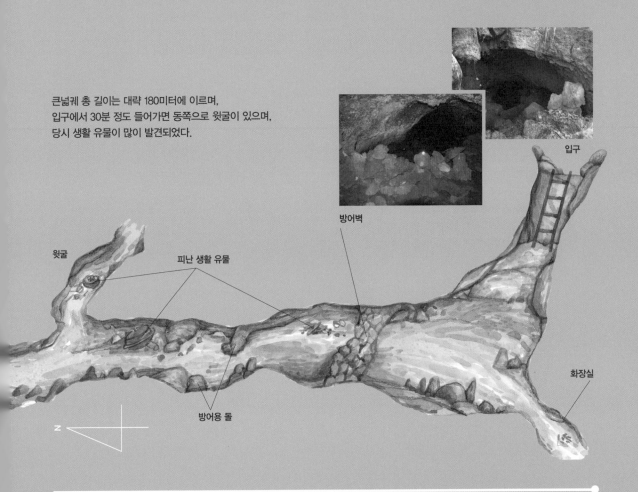

큰넓궤 총 길이는 대략 180미터에 이르며,
입구에서 30분 정도 들어가면 동쪽으로 윗굴이 있으며,
당시 생활 유물이 많이 발견되었다.

입구

방어벽

윗굴

피난 생활 유물

방어용 돌

화장실

N

산디

제주도에는 논이 거의 없어서
쌀을 수확하지 못했으며 '산디'
라는 밭벼가 약간 생산될 뿐이었다.
평소에는 잡곡 위주의 밥만 해 먹다가
명절, 잔치, 제사 등 행사가 있을 때면 '곤
밥'이라는 쌀밥을 지었다. 밭벼로 지은
밥은 '산디밥'이라 했다.

감저

제주 음식 하면 빼놓을 수 없는 것이 고구마다. 제주
도에서는 고구마의 옛 이름인 '감저(甘藷)'라고 부른다. 고
구마라는 이름은 일본의 고귀위마(古貴爲痲)에서 붙여졌다고
한다. 가을부터 이듬해 여름 보리가 나오기
전까지 가장 많이 먹는 음식이었다.
고구마를 잘라 빼때기로 만들어 먹
기도 하고 가루를 내어 떡도 해 먹
고 좁쌀을 섞어 밥을 해 먹기
도 했다.

상외떡

삼메떡이라고도 하는 상외떡은 밀가루를 누룩이
나 막걸리로 부풀려 시루에 찌는 떡을 말한다. 4·3사
건이 끝난 뒤로 한 동네에 제사 지내는 집이 많아 쌀
떡 대신 상외떡을 해서 상에 올리지는 않고 제사 준
비하러 온 사람들이라든지 마을 사람들에게 제사
음식과 함께 돌렸다.

큰넓궤

큰넓궤는 서귀포시 안덕면 동광리에 있는 용암 동굴이다. 2013년 개봉한 오멸 감독의 영화 〈지슬〉의 배경이 된 곳으로 알려지면서 4·3 유적지로 유명해졌다. 입구에도 영화 〈지슬〉 촬영지라는 안내판이 있다. 영화 〈지슬〉의 영향으로 4·3 순례객들이 자주 찾는 장소가 되었다.

큰넓궤 주변은 4·3사건 당시에는 마을 공동 목장이었는데, 지금은 사유지로 바뀌어 큰넓궤 가는 길 끝에 개인 목장이 있다. 야트막한 둔덕 위에 동굴이 있고, 입구가 수직 동굴식이다.

1948년 겨울 동광리 마을 사람들이 난리를 피해 그곳에 들어가 숨어 있을 때 목숨을 잃을 줄 몰랐을 것이다. 마을에서는 걸어서 한 시간쯤 걸린다.

굴 입구는 한 사람만 기어서 들어갈 수 있을 만큼 좁다. 굴속에 들어갈 때는 손전등과 안전모 등을 준비해야 한다. 입구에서 5미터쯤 가면 약 4미터 높이의 절벽이 나온다. 사다리가 설치되어 있지만, 위아래에서 잡아 주는 사람이 있어야 내려갈 수 있다. 절벽을 내려가면 바로 넓은 공간이 나온다.

굴속에는 방호벽도 보이고, 당시 생활했던 흔적으로 보이는 깨진 그릇 파편들도 눈에 띈다. 그 어두운 동굴에서 120여 명이 생활했을 것을 상상하면 마음이 아득해진다. 주변에는 풀숲만 있어서 흐린 날이면 더욱 쓸쓸한 느낌이 든다.

◀◀ 하얀색 화살표가 큰넓궤 입구다.

◀ 큰넓궤로 올라가는 길 입구에 세워진 표지판

▼ 영화 〈지슬〉 포스터

글 | 신여랑
그림 | 김중석

다 큰 지지빠이 병이

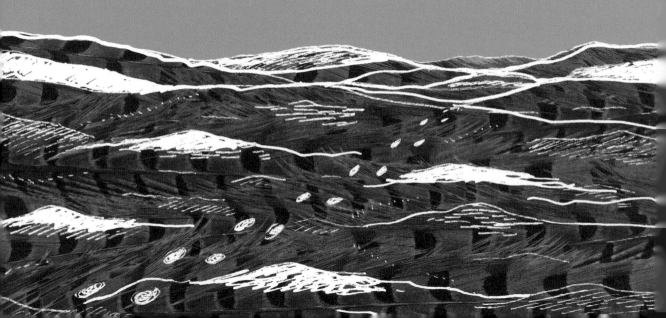

병이는 '새 철 드는 날(입춘)' 태어났다. 오랜만에 목장에서 돌아온 병이 아버지는 털벙거지를 벗지도 않고, 갓 태어난 병이를 품에 안으며 덩실덩실 춤을 추었다. "고만헙서." 기운이 쏙 빠진 병이 어머니가 낯을 붉히며 애원해도 소용없었다.

병이는 복덩이로 자랐다. 예닐곱 살부터 밭일을 나간 어머니를 대신해 어린 동생을 돌보고, 살뜰히 집안일을 했다. 누가 시키지 않아도 봄이면 고사리를 꺾고, 여름이면 어린 동생을 업고 태흥리 바닷가에 나가 보말을 잡고, 가을이면 겨우내 굴묵을 지필 말똥을 주워다 말렸다.

같은 마을에 사는 이생이 할망은 병이를 보고 이렇게 말했다.

"아이고, 병이 같은 똘래미 하나 이시민 얼마나 좋을꼬!"

병이 아버지는 목장에서 돌아오면 "우리 똘래미 어디 이신가?" 하며 병이부터 찾았다. 사나흘 집에 머무르는 동안에는 병이를 데리고 사냥을 다녔다. 병이 아버지는 특히 꿩을 잘 잡았다. 올해 들어 장끼 아홉 마리를 잡았는데, 그중 다섯 마리는 같은 곳에서 잡았다.

병이는 지금 그곳에 와 있다. 아버지가 장끼 다섯 마리를 잡았던 곳. 그때처럼 산담 뒤에 숨어서 저만치 눈 쌓인 낭밭을 노려보는 중이다. 꿩 한 마리가 종종걸음 치며 "꿩, 꿩!" 하고 울었다.

"여기 뭐하러 완? 죽으려고 완?"

병이는 괜스레 꿩이 미웠다.

"요것아, 위에로 가. 거기, 콩 있져."

이생이였다. 병이 옆에 바짝 붙어 있던 이생이가 어느새 산담 위로 고개를 빼꼼 내밀고 속삭였다. 꿩코에서 점점 멀어지는 꿩 때문에 이생이는 애가 타는 눈치였다. 휘이잉 차가운 바람에 코가 시뻘게져도 이생이의 눈은 꿩을 좇았다.

"누이야, 저 몰멩다리* 좀 봐. 자꾸 딴 데로 감신게."

이생이가 코를 훌쩍이며 꽁꽁 언 손으로 병이의 갈중이 소매를 잡아끌었다.

"무사 몰멩다리고? 꿩코에 잡혀야 몰멩다리지."

병이는 이생이의 손을 뿌리쳤다. 이생이 성화에 못 이겨 꿩잡이에 나선 터였지만, 병이는 외려 꿩이 그대로 도망가기를 바랐다. 꿩코가 있는 줄도 모르고 어정거리는 게 보기 싫었다. 병이의 속내를 알 리 없는 이생이는 "에잇." "어, 어." 장단을 맞추듯 중얼거렸다.

"혼저, 혼저."

갑자기 이생이 얼굴에 화색이 돌았다. 낭밭을 어기적어기적 돌아다니던 꿩이 꿩코에 다가가 올무 안으로 머리를 들이민 것이다.

병이는 질끈 눈을 감았다. 이제 꿩이 푸드덕푸드덕 눈밭에 나뒹굴 터였고, 이생이는 좋아서 펄쩍펄쩍 뛸 터이다. 그런데 불쑥 총소리가 날아들었다.

"꿰엑!" 날카로운 꿩의 비명이 울려 퍼졌다.

병이는 반사적으로 이생이를 잡아채 끌어안고 산담 밑에 바짝 엎드렸다. 품 안에서 이생이가 버둥대며 무어라 소리를 냈지만, 병이는 손으로 이생이 입을 막았다. 병이의 가슴이 두방망이질하듯 뛰기 시작했다.

"야, 한 발로 명중이로구먼."

"이봐, 누가 여기 올무를 놨는데?"

"오 그래, 그거 폭도 새끼들이 놓은 거 아니가?"

사내들의 굵직한 목소리가 들려왔다. 병이는 그들이 누군지 보지 않아도 알 수 있었다. 근처 학교에 주둔한 군인들이었다. 마을 사람들이 '노랑개'라고 부르는.

"다시는 꿩 잡아 달란 말 허지 마이."

* 미련한 아이를 이르는 제주어.

114

바닷가 근처 움막 터까지 걸어가는 동안, 병이는 딱 한마디만 하고 입을 다물었다. 산담 아래 눈구덩이에 빠져 옴팡 젖은 이생이는 눈만 씀벅댈 뿐 대답하지 않았다. 옷이 젖어서 삐쩍 마른 팔다리와 띵띵 부은 배가 고스란히 드러난 차림새로 비척비척 걷다가도 병이를 힐긋거렸다. 이생이는 부르르 몸을 떨었다. 병이는 모른 척했다.

여느 때 같으면 병이는 이생이를 업어 주었을 것이다. 호열자(콜레라)가 돌던 해에 세상을 뜬 남동생도 병이는 늘 업고 다녔다. 늦가을, 군인들이 불태운 마을에 숨어들 때도 병이는 종종 이생이를 업어 주었다. 마을 밭에서 미처 캐지 못한 고구마라도 찾으면 이생이에게 먼저 먹였다. 괜한 심통을 부리는 이생이를 학교 뒤편 등성이 손톱궤에 데리고 간 적도 있었다. 아버지와 병이만 아는 궤였다.

아주 작은 동굴

하지만 오늘은 달랐다. 군인들 눈에 띄기라도 했으면 다시 학교로 끌려갔을지도 모른다. 병이 할머니도 어머니도 거기서 죽었다. 할머니는 돌담을 쌓다 돌무더기에 깔리는 바람에 밤새 앓다 죽었고, 어머니는 군인들한테 맞아 죽었다. 군인들은 어머니한테 아버지가 어디로 갔는지 대라고 했다. 아버지는 군인들이 집을 불태우러 오기 이틀 전에 목장으로 갔다고 해도 믿지 않았다.

"이놈의 폭도 새끼, 조용히 있으라!"

병이가 어머니 곁에서 울먹이자, 어머니를 끌고 가던 군인들은 병이에게 총부리를 들이대며 윽박질렀다. 군인들한테 끌려갔다 온 어머니는 피범벅이 되어 있었다.

"아방은 꼭 올 거여게."

그날 밤 어머니가 남긴 마지막 말이었다.

"순 거짓갈! 무사 금방 잡을 수 있댄허맨?"

거짓말

움막 터에 이르자, 이생이가 쪼르르 앞서가며 말했다.

"누이 때문에 눈구덩에 빠져 부런."

병이는 주춤거렸다. 이생이가 억지를 부려서만은 아니었다. 따지고 보면, 눈앞에 보이는 어느 움막에도 병이 피붙이라곤 없었다. 이생이가 기어들어 간 움막도 마찬가지였다. 병이 할망과 이생이 어멍이 친척이라고 하지만, 그렇게 따지자면 이곳에 움막을 친 마을 사람 전부가 친척인 셈이다.

작은 돌멩이들을 쌓아 빙 두르고 낭가지를 얼기설기 얹어 만든 굴속 같은 움막 안에서, "아이고, 우리 새끼 이 꼴이 뭐꼬!" 하는 이생이 할망 목소리가 들려왔다.

"뭐라고? 요놈의 새끼! 누이가 무사 너를 꼬드겨? 니가 졸라 댄 거 모른 줄 알암시냐?"

이생이가 뭐라고 했는지, 이번에는 이생이 어멍의 호통이 이어졌다.

"배고파 죽겠는데 무사 팡팡 때려! 흐어엉."

이생이의 울음이 터지고서야 움막은 잠잠해졌다. 해방되던 해에 이생이 할망이 일본에서 가지고 들어와 꼭꼭 숨겨 두었다는 노란 설탕 한 줌을 꺼내 이생이 입에 털어 넣었을지도 모를 일이다. 병이는 저도 모르게 입안 가득 고인 침을 꿀꺽 삼켰다. 병이가 사흘 동안 먹은 것이라곤 반쯤 썩은 고구마 하나와 보리 껍질로 쑨 풀죽이 전부였다.

병이는 찌르르 붉어지는 눈가를 훔치고, 움막 안으로 기어들어 갔다.

"쯧쯧, 다 큰 지지빠이가 아이를 이 꼴로 만들면 어떵허코!"

그날 밤 이생이는 열이 펄펄 올랐고, 이생이 할망의 타박은 끊임없이 이어졌다.

"이러다 저 지지빠이 때문에 큰일 나크라. 폭도 새끼를 무사 데리고 와."

"아이고, 어머니! 그만헙서. 병이 같은 똘래미 하나 이시민 얼마나 좋을꼬 안 했수꽈?"

"누가 폭도 새끼 될 줄 알아시냐."

"누가 폭도 새끼우꽈? 병이 어멍 어떵 죽었는지 몰람수꽈? 병이 아방 말테우리인 거 몰람수꽈? 어디서 어떵 죽었는지도 모르는 사름한테……. 군인들이 부락민들 죄 불러다 학교 돌담 쌓을 때 병이 할망 돌에 깔려 죽고, 병이 어멍마저 경 죽은 거 알고 뭐랜 말했수꽈? 병이 불쌍해서 어떵허코! 어떵허코! 허멍 우리가 데령 있젠 안 해수꽈?"

이생이 어멍이 그렇게 말해도 이생이 할망의 타박은 그치지 않았다.

"엊그제 민보단* 사름덜 말 못 들어시냐? 산폭도 안 되시민 무사 아직 안 오크니? 산폭도덜이 학교 군인덜 습격할 거라 해신디, 이추룩 험한 일이 또 생길 줄 누가 알아시니게!"

"그거사 군인들이 학교에 들어오고 난 다음부터 있는 말 아니우꽈?"

병이는 이생이 할망과 어멍 틈에서 숨소리도 내지 못하고, 새벽이 이슥하도록 몸을 뒤척였다. 망텡이에 술병을 넣고 껄껄 웃으며 "우리 똘래미, 집 잘 지키고 이서라이. 혼자 뒷술 가민 안 된다이!" 하고는 괜스레 망텡이를 탕탕 치던 아버지 얼굴이 눈앞에 아른거렸다.

아방은 무사 안 왐시냐?

목장에서 무신 일이 이서신가?

정말 산폭도가 되신가?

어머니가 세상을 떠나던 날부터 가슴에 돌덩이처럼 얹혀 있는 이런저런 의문이 병이를 짓눌렀다.

"누이야, 거기 가민 꿩 이서?"

"내가 어디 감신지, 너 알아?"

"꿩 잡으러 가젠?"

병이는 피식 웃고 말았다.

"아니. 너 미웡 도망가젠."

병이가 이렇게 말해도, 이생이는 헤실헤실 웃었다. 움막에서 꼬박 이틀을 앓고 난 이생이는 이상하리만치 쌩쌩해졌다. 노란 설탕 덕분인지도 몰랐다. 이생이는 끙끙

* 1948년 5·10 총선거 때 조직해 1950년 봄까지 활동한 청년 단체로 4·3사건 당시 경찰과 군인의 하부 조직으로 있으면서 민간에 큰 피해를 끼쳤다.

앓다가도 할머니가 입에 넣어 주는 설탕 가루를 우물우물 받아먹었다.

"경허민 어디 가는데?"

"나도 모르켜."

"에, 누이 혼자 몰래 잡젠 햄지?"

이생이는 기어코 따라붙을 기세였다. 움막을 나설 때만 해도 병이는 손톱궤에 갈 생각이었다. 아버지가 여기 숨어 있으면 노랑개도 절대 못 찾겠다고 한 그곳에서 하루쯤은 혼자 있고 싶었다. 그런데 이생이가 문제였다. 병이는 별수 없이 생각을 바꿨다. 줄달음치듯 산길을 탔다. 그래도 이생이는 질세라 꾸역꾸역 따라붙었다.

산길이 험해질수록, 마을에서 멀어질수록, 병이는 이대로 멀리 가 버리고 싶었다. 산폭도가 있다는 산으로 가 볼까? 이생이 할망 말대로 아버지가 살아 있다면 정말 거기 있을지도 모를 일이었다. 그러나 병이는 태어나서 한 번도 이 마을을 벗어난 적이 없었다. 무엇보다 아버지가 꼭 돌아올 거라는 어머니의 말이 병이를 붙잡았다.

"무서워, 같이 가게!"

이생이가 고래고래 소리를 지르자, 병이는 우뚝 멈췄다. 그제야 이생이는 안심한 듯 철퍼덕 주저앉았다.

"나, 배고파서 죽을 거 같다게."

"누가 따라오랜?"

병이는 못 이기는 척, 이생이 손을 잡아끌었다. 조금만 가면 오소록한 곳에 초가 몇 채가 있었다. ᴴ숨겨진, 아늑한

"뭐 하맨? 무사 발을 굴러 대? 먹을 게 땅속에 이서?"

불타 버린 초가 마당에서 병이 하는 양을 침을 꼴깍꼴깍 삼키며 지켜보던 이생이가 참았던 말을 쏟아 냈다. 병이가 벌써 세 집째 이리저리 돌며 발을 굴러 댔기 때문이었다.

쿵쿵 소리가 나자 병이는 돌멩이로 눈 쌓인 땅을 헤쳤다. 판자가 나왔다. 그 안에 항

아리가 있을 테고, 산디 쌀 정도는 들어 있을 터이다. 병이네 집 마당에 묻어 둔 항아리에도 어머니가 넣어 놓은 산디가 있었다. 벌써 찾아내서 양식으로 다 써 버렸지만.

병이는 조심스레 항아리 뚜껑을 열었다. 오래전 항아리의 주인이 챙겨 넣었을 가족 보선 한 짝, 고소리술*한 병, 그리고 산디 한 봉지가 있었다.
　　　　　가죽 버선

"산디네, 산디!"

이생이는 볼이 미어져라 산디를 한 주먹씩 입에 넣었다.

"누이도 먹으라."

"너 다 먹으라!"

이생이는 정말로 다 먹어 버렸다. 한 톨도 남기지 않고. 끄억, 트림을 해 대면서.

"푸더지키여!"
　　넘어지겠어

비틀거리며 앞서가는 병이 뒤통수에 대고 이생이가 소리쳤다.

"나 술 안 먹었져."

"내가 다 봐신디. 홀짝홀짝 잘도 먹언게."

"나 술 안 먹었져."

병이는 몇 번이고 그렇게 말했다.

병이는 화닥화닥 타는 속이 굴묵 땐 방바닥 같다고 생각했다. 처음에는 딱 한 모금만 맛보려고 했다. 아버지가 세상에서 제일 맛있다고 한 술이 고소리술이었다.

'아방은 정말 산폭도가 되신가? 무사 산폭도가 되신고?'

병이 가슴에 얹혀 있던 돌덩이가 또다시 쑥 하고 고개를 내밀었다.

'어멍도 할망도 다 죽어 버린 걸 아방은 알암신가?'

병이는 욱신거리는 눈두덩을 비비고 주르르 산길을 미끄러져 내려갔다. 언제부터

_____

❋ 고소리에 내린 술. 소주 내리는 도구인 '고리'를 제주에서는 '고소리'라고 한다.

였을까, 비틀대며 산길을 내려오는 병이의 머리 위로 분분히 눈발이 날리고 있었다.

"같이 가! 같이 가!"

병이는 이생이의 목소리가 들릴 때마다 '흐흐' 하고 알 수 없는 신음 소리를 냈다.

저만치 덤불 사이로 도롱이*를 쓰고 군화를 신은 사내의 뒷모습이 어렴풋이 보였다.

'산폭도다!'

어질어질한 머릿속에서도 병이는 그리 생각했다. 정신이 말짱했다면, 아마도 병이는 걸음을 멈추고 이생이에게 뛰어갔을 것이다. 이생이를 데리고 덤불 어딘가로 숨어들었을 것이다. 하지만 빗속에 술이 오른 병이는 그대로 미끄러져 산길을 타고 굴러떨어지며 정신을 잃고 말았다.

톡톡. 누가 뺨을 두드리는 느낌에 병이는 눈을 떴다.

"누이, 동무릎에 피난다게."

이생이가 보였지만, 병이의 눈길은 도롱이를 쓴 사내에게로 향했다.

병이는 사내를 빤히 올려다보았다. 문득, 아버지를 만날 수 있을지도 모른다는 생각이 들었다. 병이는 꿀꺽 침을 삼켰다.

"산폭도들 만나젠허민 어디로 가야 허코예?"

병이의 난데없는 물음에 놀란 듯 사내가 대답했다.

"거참, 요망진 지지빠일세. 그걸 내가 어떵 아느니?"

"산폭도 아니우꽈? 혹시 양칠덕, 산마장 말테우리 양칠덕 모르쿠과?"

재차 병이가 그렇게 묻자, 사내는 너털웃음을 터뜨렸다.

"그게 누군데 경 찾암시냐? 네 아방이라도 됨시냐?"

"알암수꽈?"

병이는 사내에게 달려들 것처럼 매달렸다.

✽ 짚을 엮어 만든 옛날 우비.

"모르켜, 모르켜!"

사내가 손사래를 쳤지만 병이는 손짓을 해 가며 아버지의 행색을 설명했다.

"이추룩 크고 팔뚝이랑 머리에 요롱게 숭악한 흉이 있고 털벙거지를 꼭 써마씀. 말 테우리 망텡이에 술병도 꼭 이서마씸."

하지만 사내는 그런 사람이 어디 한둘이냐고 혀를 찼다. 자기가 아는 사내 하나도 털벙거지를 쓰고 술병을 신줏단지 모시듯 품고 다닌다고 했다. 술이 아니라 물이 들어 있는데도, 고소리술 맛이 난다고 우긴다고 했다. 그러고는 꺼이꺼이 울면서 노랑개새 끼들도 못 찾는 곳을 자기가 아는데, 얼른 거기로 가야 한다며 술주정을 한다고 했다.

사내가 이렇게 말하는 동안, 병이의 얼굴은 천천히 굳어 갔다.

병이는 움막으로 돌아가기 전에 이생이에게 약속을 받아 냈다.

"산속 초가 댕겨온 거 절대 말하면 안 된다이!"

"누이도 이제 나 떼어 놓고 어디 가민 안 돼! 나 꼭 데령가이?"

병이는 알았다고, 그러겠다고 해 두었다.

이생이는 생쌀을 먹은 것이 탈이 났는지 그날 밤 줄줄 물똥을 싸면서도, 입을 꾹 다물었다.

"아이한테 뭐 멕여시냐?"

이생이 할망이 병이를 닦달하자, 이생이는 "무사 누이한테 경허맨?" 하고 병이 역 성을 들고는 드렁드렁 코를 골며 곯아떨어졌다.

병이는 잠이 오지 않았다. 가슴이 요동치듯 쿵쾅거렸다. 움막 낭가지 위에 소복소 복 눈이 쌓여 가도록 병이 귓가에는 도롱이 사내의 한마디 한마디가 쟁쟁했다. 산폭 도들이 학교를 습격한다는 소문도 생각났다. 소문과 산폭도와 아버지와 도롱이 사내 가 머릿속에서 얼크러졌다.

병이가 작은 보퉁이 하나를 허리에 차고 움막을 나선 것은 새벽녘이었다. 보퉁이 에는 이생이 할망이 숨겨 둔 노란 설탕 한 움큼, 작은 고구마 하나가 들어 있었다.

병이는 그사이 쌓인 눈을 푹푹 밟으며 걸어갔다. 밤중에 나다니다가 이대로 군인들에게 잡혀간다고 해도 움막에 있을 수가 없었다. 도롱이 사내의 말을 곰곰 되씹어 볼수록, 그것은 아버지가 한 말이었다. 손톱궤에 숨어 있으라는 말이었다.

'아버지가 나를 데리러 올 거라게. 벌써 왔을지도 모르켜.'

마음은 급한데 초신은 흠뻑 젖고, 바람이 불 때마다 휘이잉휘이잉 눈가루가 달려들었다. 병이는 걸음을 재촉했다. 보름이 다가오는 터라 사위는 훤하게 밝았다.

그날부터 병이는 손톱궤에 숨어 있었다. 낮에는 자고, 날이 저물면 궤 근처 학교가 훤히 내려다보이는 폭낭 아래 앉아 사방을 둘러보았다. 군인들이 마을을 돌아다니는 낮에는 아버지가 올 리 없었다. 아버지를 만나면 왜 이제 왔는지, 왜 산폭도가 됐는지 물어보리라. 아니, 잠자코 아버지를 따라가리라. 아버지가 데리러 온 것만으로 족하리라. 병이는 벌써 아버지를 만나기라도 한 것처럼 들떴다. 그러나 밤새 아무리 지키고 있어도, 아버지도 산폭도도 오지 않았다. 보이는 것은 보초를 서는 군인들뿐이었다.

사흘째 되는 날, 군인들은 학교로 잡아 온 마을 사람들에게 대낮에도 총질을 하고 매질을 했다. 어머니가 죽은 것처럼 마을 사람들이 죽는 것이다. 병이도 여기서 군인들한테 잡히면 죽게 될 것이다. 그렇다고 먹을 음식까지 훔쳐서 나온 이생이네 움막으로 돌아갈 수는 없었다. 병이는 어지럼증이 일었다. 눈앞에 노래지고, 가만히 서 있어도 땅이 꺼지는 듯 무릎이 꺾였다.

"순 거짓갈!"

궤 속에서 혼곤히 잠에 빠진 병이를 흔들어 깨운 것은 이생이였다.

"내가 얼마나 찾아다닌 줄 알안?"

"무사 여기 완!"

쏘아붙이듯 말했지만, 병이는 이생이를 바짝 끌어다 앉혔다. 찬 바람에 언 볼을 비

벗 주고, 눈에 젖은 초신을 벗겼다. 이생이는 할망한테 아무 말도 안 했다고, 왜 어디 가든 데리고 가겠다는 약속을 안 지켰느냐고 연신 툴툴댔다. 병이 품속으로 파고들면서 누이가 밉다고 했다. 병이는 그러는 이생이를 밀어낼 수 없었다.

"밤중에 무신 일이 이서도, 총소리가 들려도 궤에서 나오민 안 돼이!"

기어코 혼자서는 움막으로 돌아가지 않겠다는 이생이에게 병이가 말했다.

"경허민 내일 나랑 고치 움막 갈 거?"

병이는 고개를 끄덕였다. 오늘 밤에도 아버지가 오지 않는다면, 더는 버틸 자신이 없었다.

병이는 보통이를 끌러 이생이에게 노란 설탕을 먹이고, 잠든 이생이를 궤 깊은 안

쪽까지 들어다 뉘었다. 그리고 궤를 나왔다.

병이는 학교 근처 등성이 나뭇등걸에 바투 기대앉아 둥근 달을 올려다보았다. 그러고 보니 내일이 섣달 보름이었다. 학교는 다른 날보다 조용한 것 같았고, 자꾸 눈이 감겼다. 멀리서 가물가물 "우리 똘래미 어디 이신가?" 아버지 목소리가 들리는 듯도 했다.

그러나 병이가 모르는 게 있었다. 병이가 이생이를 재우는 사이 군인들이 완전 무장을 한 채 운동장에서 사열을 하고, 학교에 수용한 마을 사람들에게 이른 취침을 명령한 것이다. 그러자 마을 사람들 사이에서는 "오늘인가 보다." 하는 소리가 흘러나왔다.

마침내 꾸벅꾸벅 졸고 있던 병이 곁을 철모를 쓴 사내들이 스윽, 스윽, 지나갔다. 그중 한 사내가 잠깐 병이 쪽을 돌아보았다. 이어서 학교를 뒤덮는 고함 소리가 터져 나왔다. "왓싸왓싸!" 소리에 "높이 들어라! 붉은 깃발을……." 노랫소리가 섞이고, 탕! 탕! 탕! 총소리가 터지고, "개새끼들 지붕 위에 올라간다!" 고함이 뒤엉켰다.

병이는 소스라치듯 놀라 벌떡 일어났다. 왔다. 그들이 온 것이다. 정신을, 정신을 차려야 한다. 병이는 세차게 고개를 흔들었다. 사방을 두리번거렸다. 저쪽 비탈에 한

줄로 엎드려 있는 철모 쓴 사내들이 보였다. 아버지만큼 크고 검은 사내들. 어쩌면 그중에 아버지가 있을지 모른다. 분명 아버지가 있을 것이다. 그러자 한 사내의 뒷모습이 아버지처럼 보였다.

'아버지다!'

병이는 가슴이 터질 듯 뛰었다. 아버지라면 손톱궤를 그냥 지나치지 않았을 거라는 생각 따위는 나지 않았다. 아버지는 지금, 저기 있다.

병이는 그 사내를 향해 산비탈을 내려갔다.

"아버지, 나 좀 봅서!"

"아버지, 나 여기 있수다!"

"아버지, 여기 나 안 보염수꽈?"

주르르 미끄러지면서도 병이는 계속 고함을 질렀고, 그 사내는 돌아보지 않았다. 사내는 저 멀리 학교 지붕 위에서 비탈을 향해 돌아가는 기관총을 보고 있었다.

타당탕탕타당!

소리와 함께 총알이 빗발치듯 등성이를 훑었다.

병이는 뭐가 가슴에 콱 하고 들어와 박히는 것 같다고 생각했다. 화닥화닥 뭉클뭉클 뜨뜻해진다고 느꼈다. 아버지가 제일 좋아하는 고소리술을 마셨을 때처럼.

그날도 이생이는 약속을 지켰지만, 병이는 지키지 못했다. 동이 틀 무렵 병이는 주검이 되어 그곳에 누워 있었다. 그리고 이듬해 봄, 마을 민보단 청년들 손에 의해 마을 서쪽 낭밭에 버려졌다. 병이 아버지가 장끼 다섯 마리를 잡고, 병이와 이생이가 마지막으로 꿩을 잡던 낭밭, 꿩코를 놓은 바로 그 자리였다.

군인들이 왜 마을 사람들을 죽였나요?

1949년 1월
병이가 의귀리에서 겪은 일

작중 인물 병이가 살던 의귀리 집을 군인들이 불태우러 온 것은 1948년 11월 7일이고, 병이가 죽음을 맞은 것은 1949년 1월 12일, 일명 '의귀리 전투'에서였다. 군인들이 들이닥친 지 두 달여 만에 병이는 집과 가족, 그리고 자신의 목숨까지 모두 잃었다.

병이의 마지막 두 달 동안 의귀리에서 벌어진 일은 이렇다.

계엄령이 내려지기 열흘 전, 군인들의 무조건적인 방화가 시작됐다. 군인들은 방화에 저항하는 마을 사람들을 그 자리에서 총살했다. 집을 잃은 주민들은 불타 버린 집 주변 돌담 아래, 또는 촐 더미에 숨어 지냈다. 일부는 가까운 야산으로 들어가거나 해안 마을로 내려갔다.

12월 말에는 의귀초등학교에 군인 병력이 주둔했다. 국군 2연대 1대대 2중대 병력으로, 제주도에 있던 9연대와 교체되어 들어온 부대였다. 이들은 무장대의 습격에 대비하기 위해 마을 사람들을 동원해서 학교 주변에 성(돌담)을 쌓았다. 동시에 대대적인 토벌 작전을 벌이면서, 수색하다가 마을 사람들을 발견하면 총으로 쏴 죽였다. 15세가 넘는 남자, 학생, 아버지가 없는 사람, 숨어 있는 사람, 그 모든 것이 총살의 이유가 될 수 있었다. 그래서 마을 사람들은 더 깊은 산으로, 궤 속으로 몸을 숨겼다.

또한 군인들은 일부 주민을 학교에 수용해 고문했으며, 의귀리 전투가 벌어지기 직전인 1949년 1월 10일과 11일에는 20여 명을 죽였다. 병이가 죽은 12일 새벽에는 무장대가 습격했지만, 이 사실을 미리 알고 있던 군인들에게 크게 패했다. 이날 전투에서 무장대 수십여 명(51명 추산), 군인 4명이 사망했다. 전투가 끝난 날 군인들은 학교에 수용하고 있던 주민 60여 명을 학교 근처 동쪽 밭에서 살해했다. 무장대와 내통했다는 이유였다.

▲ 토벌대 명령으로 마을마다 무장대를 막기 위한 성담을 쌓았다.

▶▶ 토벌대 명령에 의해 부녀자들까지 죽창을 들고 마을 보초를 서야 했다.

▶ 학교 운동장에 주민들을 모아 놓고 무장대 협력자를 가려내고 있다.

이렇게 1949년 1월 10일부터 12일 사이에 의귀리에서 죽은 군인과 민간인, 무장대는 각각 달리 안장된다. 전사한 군인 비석은 의귀초등학교 울타리 옆에 세워졌지만, 군인들한테 총살당한 80여 명 주민의 시신은 그 자리에 방치되다가 그해 봄 민보단원들에 의해 의귀리 '개턴물' 동쪽 구덩이 세 개에 무더기로 매장됐다. 무장대의 시신 또한 학교 뒤편에 오랫동안 방치되다가 마을 서쪽 '송령이골'에 버려졌다.

마을 사람 80여 명의 현의합장묘(의로운 넋들이 함께 묻혀 있다는 뜻) 묘역이 수망리에 조성된 것은 2003년이 되어서다. 그와 같은 묘역이 만들어지기까지 오랜 세월 유족들의 노력이 있었다. 유족들은 의귀리 '개턴물' 동쪽에 매장된 가족의 시신을 찾으려 구덩이를 파헤쳤으나 누가 누군지 분간할 수가 없어서 다시 묻어야 했다. 이후 유족들은 가족이 묻힌 그곳 무덤의 봉분을 단장하고 산담을 쌓고 성묘를 지냈다. 뜻을 모아 1983년에 '현의합장묘'라는 이름의 비석을 세웠고, 2003년에 수망리로 유골을 이장해 현재의 묘역을 마련한 것이다. 병이의 시신이 버려진 그곳, '송령이골' 무장대의 무덤에 후대의 손길이 미친 것은 2004년이다. 생명 평화 탁발 순례 중이던 도법 스님 일행의 주재로 천도제를 올리고, 제주4·3연구소와 시민들이 나서서 푯말을 세웠다.

의귀초등학교와 송령이골

의귀초등학교는 서귀포시 남원읍 의귀리에 있다.

의귀리의 학교 교육은 1941년 의귀간이학교에서 시작되었다. 이는 일제 강점기의 초등 교육 기관인 보통학교의 분교 격으로, 수업 연한은 2년이었다. 의귀간이학교는 1943년 남원북국민학교로 이름이 바뀌었다가 해방 직후인 1945년 9월 1일 의귀국민학교가 되어 의귀리의 교육을 이끌었다. 그러나 4·3사건으로 1948년 12월 15일 폐교되었으며, 그 뒤에는 학교 건물마저 철거됐다. 1949년 8월 1일 마을 사람들이 다시 학교 건물을 짓고 남원초등학교 의귀분교장으로 복구했으며, 1959년 2월 20일 의귀초등학교로 독립 개교하여 오늘에 이르고 있다.

4·3사건으로 폐교되거나 소실 피해를 입은 것은 의귀초등학교만이 아니다. 『제주 교육 행정 발전사』에 따르면 초등학교 96개교 중 45개교, 중학교 11개교 중 2개교가 소실되었다고 한다.

의귀초등학교에서 벌어진 일명 '의귀리 전투'는 의귀리 마을 역사에 큰 상처를 남겼다. 전투를 전후해 군인들에게 희생당한 주민 80여 명의 유해가 안장된 수망리의 현의합장묘 묘역이 그러하고, 현재 의귀초등학교 서쪽 송령이골의 무장대 무덤이 그러하다.

의귀초등학교 근처, 서귀포시 남원읍 의귀리 1931-1번지 일대를 이르는 속칭 송령이골에는 의귀리 전투에서 사망한 무장대원들의 시신이 버려졌다.

'4·3학살 암매장지(남원읍) 유해 발굴 사업 최종 보고서 송령이골 편'에 따르면, 매장 후 가시덤불과 나무들이 우거져 이 묘의 존재가 알려지지 않았다고 한다. 그러다가 무장대의 시신을 매장했다는 마을 사람의 증언을 토대로 우거진 수목을 제거하자 3기의 묘가 드러났는데, "여러 구의 시신을 한꺼번에 묻었다."는 증언으로 미루어 여러 사람의 유해가 뒤엉켜 있을 것으로 보인다.

현재 이곳에는 무장대 시신이 수습되어 있다는 표지판이 세워져 있다. 2004년에 다녀간 '생명 평화 탁발 순례단'이 벌초를 한 뒤 매년 8월 15일 시민 단체를 중심으로 벌초를 하고 있지만, 이곳에 매장된 유해와 관련하여 발굴 시기나 정비 여부 등은 아직 결정되지 않은 상태다.

▲ 의귀초등학교 현재의 모습
▲▲ 송령이골 의귀 사건 희생자 유골 방치터를 알리는 푯말

제주4·3사건희생자 위령제

상생·평화의 땅에서 이시여 영면하소서!
4·3 영령들이여

6

글 ｜ 현택훈
그림 ｜ 김중석

덕구대장

까악까악.

까마귀들이 나뭇가지에 앉아 울어 댔다.

"에잇!"

칠용이는 눈을 치뜨고 까마귀들을 향해 한 손을 휘저었다. 하지만 겨우 몇 마리만 날개를 푸덕일 뿐, 까마귀들은 여전히 칠용이와 순영이 주변에 진을 치고 있었다. 칠용이는 순영이의 손목을 잡은 손에 힘을 주었다. 순영이 손목이 돌처럼 딱딱했다.

눈 위에 이리저리 찍힌 까마귀 발자국이 어지러웠다. 칠용이는 까마귀들 쪽으로 돌을 던졌다.

"훠이, 훠어이!"

칠용이가 계속 돌을 던지자 까마귀들이 겨우 흩어지는 시늉을 했다. 그래도 한두 마리는 아랑곳하지 않고 나뭇가지에 앉아 칠용이와 순영이 쪽을 조롱하듯 바라보았다.

칠용이는 순영이 이마에 손을 대 보았다. 얼음처럼 차가웠다.

'난리가 끝날 때까지 산 아래로 내려오면 안 된다.'

칠용이는 아버지가 한 말을 떠올렸다. 아버지가 칠용이에게 작은 약초 괭이를 주며 한 말이다. 칠용이는 안주머니에 손을 넣어 괭이를 쥐어 보았다.

'아방 올 때까지 누이를 잘 보살펴야 하는데…….'

봄이 되었지만 산중이라서 멀리 보이는 궤펭이오름에는 아직도 눈이 쌓여 있었다. 지난겨울 봉개리에서 올라온 마을 사람들이 움막을 짓고 살고 있었다. 몇은 오름 너머로 가고 몇은 계곡을 따라 올라갔다. 그리고 움막에 남아 있던 몇십 명의 사람들은 토벌대에게 발각되어 끌려갔다. 다행히 칠용이와 순영이는 개울로 물을 뜨러 가느라 그 자리에 없었던 덕분에 살아남았다.

칠용이는 부스럭거리는 인기척에 놀라 눈을 떴다. 수염이 덥수룩한 사내 여럿이 벌써 움집을 걷어 내고서 칠용이 주위에 빙 둘러서 있었다. 칠용이는 안주머니에서 괭이를 꺼내 휘저었다.

몇 명은 소총을 들고 있었지만 대부분 곡괭이나 죽창을 들었고, 삽을 든 사람도 있었다. 며칠 굶었는지 다들 핼쑥한 얼굴이었다. 중학원 교복을 입은 사내도 있었다.

칠용이는 괭이를 쥔 손에 힘을 꽉 주었다.

"괭이 내려."

사내들 가운데 교복을 입은 한 사내가 말했다. 언뜻 봐도 서른은 훨씬 넘었을 것 같은 사내는 교복 윗도리를 입고 있었다. 칠용이는 눈에 힘을 주고서 괭이 쥔 손을 더 힘껏 뻗었다.

"옆에 아이는 이미 죽은 것 같수다."

갈옷 바지를 입은 사내가 순영이에게 다가서려 하자, 칠용이는 눈에 힘을 주며 그 사내 가까이 괭이를 들이밀었다.

"죽은 거 아니우다!"

칠용이가 무리를 향해 소리쳤다. 그때 교복 입은 사내가 괭이를 쥔 칠용이의 손을 발로 걷어찼다. 괭이가 공중에서 핑그르르 돌더니 눈밭 위에 떨어졌.

소총을 멘 사내가 괭이를 집었다.

"덕구 대장, 어떻게 할까요……?"

갈옷 바지가 소총을 멘 사내에게 물었다. 소총을 멘 사내는 말없이 괭이를 자신의 윗옷 안주머니에 넣었다.

"너, 언제부터 여기 이서시냐? 이 아인 니 동생이냐?"

교복이 칠용이에게 물었다. 칠용이는 사람들의 행색이 거의 거렁뱅이 같아서 군인은 아니고 무장대일 것 같다는 생각이 들었다. 군인도 무섭지만 무장대도 마을을 습격해 사람들을 죽인다는 말을 들었기 때문에 칠용이는 겁에 질렸다.

"마을이 불탄 뒤로……, 이 산속에 이서수다."

칠용이는 떨리는 목소리로 대답했다.

"용케 살아남았는데, 여동생을 잃었구나."

삽을 들고 있는 사내가 말했다.

"덕구 대장, 명령을 내립서."

갈옷 바지가 소총을 멘 사내에게 다시 물었다. 칠용이는 덕구 대장이라는 사람을 바라보았다.

'덕구 대장이라면 그 이덕구……'

덕구 대장이 부리부리한 눈으로 칠용이를 쏘아보았다. 순간 칠용이는 온몸에 소름이 돋았다. 이덕구라면 난리를 일으킨 폭도 대장이다. 마을에서 들은 소문에 따르면 이덕구는 괴물이나 다름없었다. 우람한 체구로 군인들을 무자비하게 죽였다는 둥, 동작이 날래서 아침에는 서쪽 금악에서 보였다가 저녁에는 남쪽 토산에서 보였다는 둥, 이런저런 이야기를 어른들한테 들은 터였다.

칠용이는 덕구 대장과 눈이 마주치자 바로 눈길을 피했다. 그런데 소문과 달리 덕구 대장은 키도 작고 몸도 마른 편이었다. 얼굴도 우락부락하지 않았다. 얽은 자국이 조금 있기는 했지만 커다란 눈에 잘생긴 외모였다.

아무 말도 않고 묵묵히 서서 순영이를 내려다보던 덕구 대장이 입을 열었다.

"무덤 만들어 줘야지."

덕구 대장과 같이 온 사내들은 재빨리 명령을 따랐다. 주변에 있는 돌을 주워다 순영이의 몸 위에 쌓기 시작했다. 땅바닥에 털썩 주저앉아 멍하니 그 모습을 바라보던 칠용이가 갑자기 소리를 질렀다.

"하지 맙서, 하지 맙서."

칠용이는 돌을 나르는 교복의 바지춤을 잡고서 울먹이는 목소리로 말했다. 칠용이는 이 사람 저 사람 허리춤을 잡고서 막으려다 한 사내의 발에 채어 돌무덤 옆에 고꾸라졌다.

그들의 행동은 재빨랐다. 패잔병 행색이었지만 눈에 독기가 서려 있었다. 칠용이는 어느새 만들어진 순영이의 돌무덤 옆에 쭈그리고 앉았다.

지금 도망치면 자기 등을 향해 총을 쏠 것 같아서, 칠용이는 밤이 되면 몰래 무리에서 빠져나갈 궁리를 했다. 하지만 한편으로는 오랜만에 사람들을 만나 반가운 기분마저 들었다. 이들이 자기를 보호해 줄지 모른다는 생각도 들었다.

'아버지, 이젠 어떻해야 헙니까?'

칠용이는 마음속으로 아버지를 찾았다.

"연락병으로 쓰게마씨."
<small>씁시다</small>

교복이 덕구 대장에게 말했다. 칠용이는 자기를 두고 하는 말이라는 걸 쉽게 알아챘다.

무리는 칠용이를 가운데 두고 빙 둘러앉았다. 나무들 사이사이에 앉았기 때문에 삐뚤빼뚤한 동그라미 모양이 되었다. 몇 명은 보초를 섰다.

"연락병으로 쓰기엔 너무 어리다게."

삽을 든 사내가 말했다.

"그러니까 연락병으로 제격 아니우꽈?"

"그렇다고 저 어린것을 사지로 내몰 수 이시냐?"

"물애기도 죽는 판에 무슨……."
<small>갓난아기</small>

"뭐라!"

삽을 든 사내가 삽을 내던지며 벌떡 일어섰다.

"앉읍서. 지금 우리끼리 싸울 때가 아니우다."

덕구 대장이 말했다. 목소리가 아주 굵지는 않았지만 위엄이 있었다. 엄하기는 아버지가 가장 엄하다고 생각하면서 칠용이는 위엄 있는 목소리의 덕구 대장이 정말 대장답다고 느꼈다. 심지어 멋있어 보이기까지 했다. 그렇지만 사람들 말대로라면 언제 괴물로 돌변해 자신을 해칠지도 모르는 사람이다. 칠용이는 정신을 똑바로 차리려고 어금니를 꽉 물었다.

돌을 쌓고 나뭇가지를 이용해 만든 진지에서 하루가 저물어 가고 있었다. 덕구 대장 무리는 봉개 사람들이 두고 간 솥에다 지난 습격 때 가져온 조를 넣었다. 근처에 계곡이 있어서 물을 구하기는 쉬웠다. 게다가 여기저기 널려 있는 청미래덩굴은 연기가 나지 않아 불을 피우기에 안성맞춤이었다.

보리밥도 아닌 조밥이었지만 이덕구 부대 덕분에 칠용이는 참으로 오랜만에 밥을 먹을 수 있었다. 그러나 아버지의 생사도 모르고 순영이는 돌무덤 속에 잠들어 있어서 밥이 잘 넘어가지 않았다.

밥을 다 먹은 무리는 쥐새끼처럼 모여 앉아 자기네들끼리만 통하는 얘기로 수군거렸다. 번갈아 보초를 서며 한 명씩 눈을 붙이기도 했다.

"언 발은 어떵햄시니?"

어떤 상태니

덕구 대장이 총을 어루만지며 교복에게 물었다. 교복은 신발을 벗어 맨발을 보였다. 동상에 걸린 발이 거멓게 그을린 고구마 같았다.

"저러다 발을 자르는 건 아닌지 모르켜."

"재수 없는 소리 맙서."

누가 하는 말을 듣고 교복이 땅에 침을 퉤 뱉었다.

"저, 저기예……."

칠용이가 작은 목소리로 말했다.

"무사? 똥 싸잰?"

교복이 칠용이를 쏘아보았다.

"동상 걸린 발에…… 좋은 거 이수다."

칠용이는 자기가 무리를 도와주면 자신을 해치지는 않을 거라는 기대감에 조심스레 말을 붙였다.

"무신거?"

칠용이는 보초병이 내려간 쪽 경사진 땅에서 흙을 헤쳐 무 하나를 꺼냈다. 봉개 사람들이 비상식량으로 묻어 둔 것을 칠용이는 진작부터 봐 두었다. 나중에 순영이랑 먹으려고 한 무였다.

칠용이는 무를 솥 밑에 넣고 고구마를 굽듯 구웠다. 무가 뜨겁게 달아올랐다. 무는 물이 많아 뜨거운 물이 줄줄 흐를 정도였다. 칠용이는 무를 교복에게 내밀었다. 교복이 무를 발 가까이 댔다. 뜨거운 기운이 조금 가시자 무를 아예 발에 붙이고 헝겊으로 동여맸다.

"어으, 따뜻허다. 이제 좀 살 거 같다게. 어린 게 기특허다."

교복이 칠용이의 머리를 쓰다듬으려고 하자 칠용이는 머리를 뒤로 뺐다. 그러면서 한 손으로 교복의 팔목을 잡았다. 자기도 모르게 반사적으로 나온 행동이었다.

"이눔의 자식이……."

교복이 씨름 선수처럼 큼직한 손으로 칠용이를 때리는 시늉을 하더니 허허 웃었다. 때리려다가 웃는 교복을 칠용이는 이해할 수 없었다. 그사이 밤이 깊어졌다.

사흘이 지났다. 도망칠 궁리를 하던 칠용이는 무리가 자신을 해치지 않을 거라는 생각에 이덕구 부대의 일원처럼 생활했다. 봉개리 마을 사람들이 모두 끌려간 뒤 순영이와 단둘이 지내던 밤은 너무 무서웠다.

눈이 내렸다. 물오리나무에 생긴 붉은 겨울눈이 추위에 눈을 꽉 감고 있는 것처럼 보였다. 칠용이는 난리가 나기 전에 동무들과 함께 했던 병정놀이가 떠올랐다. 지금도 병정놀이를 하고 있는 건 아닌가 하는 착각이 들기도 했다. 칠용이는 시간이 날 때마다 나뭇가지 끝을 돌에 갈아 날카롭게 만들었다.

"오늘 이동한다."

덕구 대장이 무리에게 말했다. 한곳에 오래 머물면 토벌대의 눈에 띌 게 뻔하기 때문이다. 그리고 눈이 내릴 때 이동해야 발자국이 눈에 덮여 피신하기 쉽다는 것을 칠용이도 이제 알고 있었다. 눈이 많이 녹긴 했지만 산속 응달에는 아직도 눈이 수북이 쌓여 있었다. 순영이 무덤 위로도 눈이 덮였다.

'순영아, 미안해. 꼭 다시 돌아오켜.'

이덕구 부대는 산속 깊이 들어갔다. 칠용이는 순영이 생각에 한 발 한 발 내딛는 걸음이 무거웠다. 하지만 걷고 또 걸었다. 그렇게 걸어야만 했다. 칠용이는 이덕구 부대를 따라 산을 오르고 올랐다. 이렇게 가다 보면 곧 백록담이 나올 것 같았다.

조릿대 숲 사이에 노루 한 마리가 있었다. 몸집이 작은 것을 보니 새끼 노루였다. 노루 새끼는 말똥말똥한 눈으로 칠용이를 바라보았다. 칠용이는 돌멩이 하나를 쥐고서 노루에게 다가가려고 했다. 그러자 덕구 대장이 칠용이의 어깨를 붙잡았다.

"놔둬라."

"네, 덕구 대장."

순간, 칠용이는 자기가 덕구 대장이라고 한 것에 놀랐다.

반나절을 더 걷다가 쉬었다. 날도 저물어 가고 있었다. 수풀이 우거져서 숨어 있기에 적당한 곳이었다.

덕구 대장은 몇 사람을 청음초*로 보냈다. 토벌대가 오는 것을 미리 알기 위해서였다. 몇은 보초를 서고 몇은 개인호를 파기 시작했다. 한 사람씩 들어갈 수 있는 구덩이였다. 나뭇가지와 풀을 덮어 숨어 있을 요량이었다.

칠용이는 덕구 대장이 자기한테도 뭐든 명령을 내려 주기를 간절히 바랐다. 그러면 안심하고 이 사람들과 지낼 수 있을 것 같았다. 하지만 덕구 대장은 아무 말도 하지 않았다. 칠용이는 공연스레 서운한 마음이 들었다.

모두 지쳐 있었다. 구덩이 하나를 막 팠을 때였다. 청음초로 나가 있던 한 사내가 숨을 헉헉거리며 올라왔다.

* 적의 움직임을 눈으로 볼 수 없는 흐린 날씨나 밤에 소리를 들어 적의 행동을 탐지하려고 전방에 둔 초소.

"토, 토벌대가 올라왐수다."

"가까이 와시냐?"

덕구 대장이 삽에서 흙을 털어 내며 물었다.

"네, 근처이우다."

"잘도 기어 왐져."

기어 오고 있네

저만치에서 누가 낄낄거리며 말했다. 한두 번이 아니라는 듯, 무리는 철수 준비를 서둘렀다.

"넌 여기에 들어강 이시라."

이렇게 말하면서 덕구 대장이 칠용이를 구덩이 속으로 밀었다. 칠용이는 뒷걸음치며 구덩이 속에 주저앉았다. 칠용이가 어리둥절해하는 중에 무리들이 나뭇가지로 지붕을 만들어 덮었다.

덕구 대장이 구덩이 쪽으로 다가왔다. 안주머니에서 뭔가 꺼내 구덩이 속으로 불쑥 집어넣었다. 얼떨결에 구덩이 속에 들어가 앉은 칠용이는 지붕으로 만든 나뭇가지 사이로 들어온 덕구 대장의 손을 봤다.

덕구 대장의 손에는 괭이가 쥐여져 있었다. 칠용이의 괭이였다.

'이제 나를 죽이려는 걸까.'

칠용이는 무서워서 자리에서 일어설 수도 없었다. 덕구 대장이 괭이로 가슴을 찌를 것만 같았기 때문이다. 칠용이는 덕구 대장의 눈을 노려봤다. 덕구 대장의 손이 천천히 칠용이에게 와 닿았다. 칠용이는 움찔했다.

"잘 간직하고 있어라."

덕구 대장의 나지막한 목소리가 칠용이의 가슴에 눈가루처럼 내려와 쌓였다. 덕구 대장의 손은 대장 손이라고 하기엔 너무 작고 부드러워 보였다. 일은 하지 않고 소설을 쓰겠다며 목커리방에 머물러 있던 막내 외삼촌의 손을 닮았다.

문간방

"난리가 끝날 때까지 산 아래로 내려오면 안 된다."

덕구 대장의 말에 칠용이는 아버지가 떠올랐다. 아버지가 자기에게 했던 말과 똑같았다. 자신과 순영이를 거념해 주던 아버지. 덕구 대장의 손이 쑥 빠지자 구덩이 위로 나뭇잎과 눈이 뿌려졌다.

칠용이는 숨을 죽인 채 고개를 무릎에 파묻고 가만히 있었다. 토벌대가 자기를 발견하면 바로 죽일 것 같다는 두려움이 몰려왔다. 추위 때문인지 두려움 때문인지 온몸이 덜덜 떨렸다.

시간이 얼마나 흘렀을까. 둔덕 너머에서 타앙, 하는 총소리가 들렸다. 그리고 잇달아 여기저기서 총소리가 요란하게 울렸다. 칠용이는 온몸을 부르르 떨었다.

순영이 생각이 났다. 구덩이 속도 이렇게 답답한데 순영이는 돌무덤 속에서 얼마나 답답할까, 하는 생각에 칠용이는 눈물이 날 것만 같았다. 행방불명인 아버지 생각도 났다. 문풍지에 난 구멍 같은 틈새로 저녁 하늘이 보였다. 별 하나 뜨지 않은 하늘이었다. 총소리가 점점 잦아들더니 어느덧 멈췄다.

'덕구 대장이랑 사람들은 어디로 가신고?'

저벅저벅.

발걸음 소리가 들렸다. 칠용이는 몸을 웅크리고 가만히 있었다.

"이쪽엔 아무도 없습니다."

낯선 목소리였다. 칠용이는 들킬까 봐 가슴이 조마조마해서 아예 눈을 감아 버렸다. 그러면서도 괭이는 꽉 움켜쥐고 있었다.

사방이 쥐 죽은 듯 고요했다. 말소리도 발걸음 소리도 더는 들리지 않았다.

한라산의 밤이 깊어 가고 있었다. 마을에 있는 나무들이 다 불타 버리지 않았다면 살아남은 나무에는 곧 연둣빛이 돌 것이다. 몸이 꽁꽁 어는 것 같았지만 두려워서 밖으로 나갈 수 없었다. 어느새 눈이 그치고 있었다.

칠용이는 왜 산으로 갔나요?

1949년 봄
칠용이가 덕구 대장을 만난 사연

한라산(漢拏山)은 1950미터로 남한에서 가장 높은 산이다. 대체로 경사가 완만하며, 동서로 넓게 뻗어 있다. 한라산이라는 이름을 풀이한 것 중 하나가 '은하수를 끌어당기는 산'일 정도로 한라산은 높고 신비로운 산이다.

제주도 사람들은 예부터 한라산에 의지해 살아왔다. 한라산에 관련된 설화도 많다. 민간 신앙에서는 금강산·지리산과 함께 삼신산(三神山) 가운데 하나로 여긴다.

제주도에는 368개의 오름이 분포해 있다. 마을 근처에 오름이 하나씩은 있는 셈이다. 제주도 사람들은 한라산은 물론이고 오름에서 약초를 캐고 화전을 일구었다. 또한 난리가 나면 섬이라는 지리적 조건 때문에 뭍으로 갈 수 없으니, 한라산이나 오름 속에 숨곤 했다.

「덕구 대장」에 나오는 칠용이는 가족과 함께 교래리에 사는 것으로 설정했다. 당시 사람들이 그랬던 것처럼 아버지는 산에서 약초 캐는 일을 했다. 칠용이도 아버지를 따라 산에서 약초를 캐곤 했을 것이다.

초토화작전으로 마을이 불타고 토벌대에게 발각되면 빨갱이로 몰려 죽음을 당했기 때문에, 사람들은 살기 위해 산에 들어가 숨어 있어야만 했다.

칠용이도 마을 사람들과 함께 산으로 갔다. 먼저 산에 숨어 있던 아버지는 행방불명된 것으로 설정했다. 그때는 칠용이 아버지처럼 행방불명된 사람이 많았기 때문이다.

그런데 민간인뿐 아니라 무장대도 산에 들어가 있었다. 무장대는 인민 유격대, 산폭도, 산군, 산사람 등으로 불렸다. 많은 민간인들이 무장대로 몰려 죽음을 당했다.

무장대는 무장봉기를 일으킨 4월 3일 경찰 지서를 습격한 것을 시작으로, 주로 우익 인사들을 공격했다. 그러던 무장대가 산으로 들어가 저항하면서 필요한 식량이나 물품을 구하기 위해 이른바 보급투쟁이라는 명목으로 민가에서 식량이나 옷가지를 빼앗아 목숨을 이어 갔다. 식량을 약탈하러 마을에 들어갔다가 보초를 서던 주민들을 살해하고, 세력을 확보하기 위해 사람들을 납치하기도 했다.

1948년 11월 중순부터 초토화작전이 벌어지자 무장대는 자신들에게 협조하지 않는다는 이유로 마을을 습격해 사람들을 무차별로 살상하기도 했다. 주민들은 상황에 따라 무장대를 달리 불렀는데, 이러한 무차별 살상에는 무장대를 폭도라고 할 수밖에 없었다.

이 작품의 시간 배경은 1949년 3월경이다. 무장대는 이미 세력이 약화된 상태였다. 이때 칠용이는 패잔병이나 다름없는 이덕구 부대와 우연히 만난다. 칠용이가 이덕구 부대를 만나 머물렀던 곳이 훗날 '이덕구 산전'으로 불리게 되었다.

무장대의 정식 명칭인 인민 유격대는 제주4·3 무장봉기를 일으켰던 남조선노동당(남로당) 제주도 위원회의 군사 조직이다. 남로당 제주도 위원회의 지휘를 받았던 인민 유격대는 한때 대원 수가 300~400여 명까지 늘기도 했다. 하지만 무기는 무장대 쪽에 가담한 경비대원이 가져오거나 지서를

◀◀ 체포된 무장대 대원 모습
◀ 압수된 무장대 무기들. 미군 장비로 무장한 토벌대에 비해 죽창, 도끼 등 무기들이 조악하다.
◀ 무장대로 가장한 2연대 특공대 모습

무장대의 상징적 존재 이덕구는
경찰에게 사살되어 관덕정에 전시되었다.

습격해 탈취한 병기와 갈고리, 죽창, 몽둥이 등 매우 빈약한 상태였다.

만약 칠용이가 산에 숨어 있다가 토벌대에게 잡혔다면 무장대로 몰려 총살당했을지도 모른다. 그때는 여자나 어린이까지 빨갱이로 몰려 죽거나, 많은 사람들이 산에 숨어 있었다는 이유만으로 학살당했다. 이덕구는 1949년 6월 7일 이덕구 산전에서 그리 멀지 않은 곳에서 사살되었다. 그의 시신은 1947년 3·1절 발포 사건이 일어났던 관덕정으로 옮겨져 십자형틀에 전시되었다.

무장대보다는 토벌대에 의한 피해가 훨씬 크고 많았지만, 당시 4·3사건을 겪은 도민 중에는 무장대에게 반감을 품은 사람도 더러 있다. 반공 교육의 영향 때문이기도 하지만, 군인과 경찰이 무장대를 진압하는 과정에서 애꿎은 주민들만 희생당했다고 여기면서 무장봉기가 잘못되었다고 보는 것이다.

이덕구 산전

이덕구 산전(山田)은 제주시 조천읍 교래리 북받친밭에 있다. 이곳은 본래 시안모루 또는 북받친밧이라고 했는데, 1949년 이덕구 부대가 거의 마지막에 꽤 오랫동안 은신한 장소로 알려지면서 이덕구 산전이라는 이름이 붙었다. 이덕구 부대가 주둔하기 전에도 교래리나 인근 마을 사람들이 난리를 피해 숨어 있었다고 한다.

아름다운 길로 이름이 높아 제주도에서도 손꼽히는 사려니 숲길 교래리 입구에서 30분쯤 걸어가면 계곡을 지나 이덕구 산전으로 통하는 오솔길이 있다. 입구에 안내판 같은 것이 없어서 혼자 찾기는 어렵다. 옆으로는 천미천의 지류가 흐른다.

산길을 따라가다가 옆으로 빠져 10여 분 더 들어가면 안내판이 나온다. 제주민예총이나 제주4·3연구소에서 군데군데 표시해 둔 리본을 따라가다 다시 계곡을 거쳐 조릿대가 우거진 가파른 오르막을 지나면 이덕구 산전이 나온다. 돌로 진지를 구축한 곳은 겨울에도 추위를 견디기 좋은 장소를 골라서인지 양지바르다.

그러나 패잔병이나 다름없던 이 시기, 이덕구 부대는 토벌대의 추격을 피해 숨어 다니기에 급급했을 것이다. 근처에 계곡이 있어 식수를 공급할 수 있는 것 외에는 그다지 군사적으로 요새가 될 수 없는 그곳에서 은신하면서 겨울을 났다.

물은 계곡에서 길어다 썼는데, 계곡에서 바로 씻지 않고 연못을 파서 생활했다. 계곡에서 식량을 씻다가 하류에 있는 토벌대에게 발각될 것을 방지하기 위해서였다고 한다.

진지는 제대로 구축한 게 아니고 돌담을 쌓아서 지은 움막 형태다. 그러한 움막 흔적이 몇 군데 더 있다. 근처에는 4·3사건 때 희생당한 사람의 것으로 추정되는 돌무덤이 있다. 솥이나 깨진 사기그릇, 질그릇 등도 발견되는 이곳에 몇 년 전 청동 제상을 설치해 놓았다.

사려니숲으로 사람들이 다니게 되면서 이덕구 산전에 가까이 갈 수는 있게 되었다. 그전까지만 해도 너무 외지고 이정표가 없어서 쉽게 찾을 수 없는 곳이었다. 지금은 가끔 찾는 순례객들의 발자국을 접할 수 있다.

▲ 이덕구와 무장대 일행이 머물렀다는 진지 모습

우리는 무엇을
해야 할까

1949년 6월 7일 인민 유격 대장 이덕구는 죽었지만 4·3사건이 끝난 것은 아니었다. 1950년 한국전쟁이 일어나자 제주도 전역에서는 1000여 명이 예비 검속으로 구금되었다. 그해 8월 20일, 대정읍 상모리 섯알오름에 있는 일제 강점기의 탄약고 터에서 민간인 190여 명이 학살당했다. 그러고 나서 6년이 흐른 뒤에야 뼈들을 수습해 땅에 묻은 곳이 백조일손지묘다. '백조일손(百祖一孫)'은 뼈가 엉켜서 누구 시신인지도 모르는 채 같이 묻혀 있어 '백 명의 할아버지 밑에 한 자손'이라는 뜻에서 묘역을 조성한 것이다.

그러나 이게 또 끝이 아니었다. 1961년 6월 15일, 5·16 쿠데타로 들어선 군사 정권은 모슬포 경찰서에 지시해 백조일손지 묘비의 비석을 파괴했다. 그리고 유족회를 해체하도록 유족들에게 강한 압력을 넣었다. 사람들의 기억마저 파괴한 것이다. 이때 부서진 비석은 지금 제주4·3평화공원에 전시되어 있다.

아직도 진상 규명 문제, 연좌제 문제, 4·3 희생자 유해 발굴 문제, 행방불명자 문제, 후유 장애 문제 등 많은 문제들이 해결되지 않은 채로 남아 있다. 오멸 감독의 영화 〈지슬〉의 전편 격인 김경률 감독의 〈끝나지 않은 세월〉이라는 영화 제목처럼 제주도 사람들은 끝나지 않은 4·3의 세월을 지내 왔다.

4·3사건의 진상을 밝히는 작업은 2000년 1월 12일에 '제주 4·3사건 진상 규명 및 희생자 명예 회복에 관한 특별법'을 공포하면서 이루어졌다. 이로써 50년 넘도록 침묵을 강요당해 온 사건의 진상이 뒤늦게나마 드러날 수 있었다. 2003년 제주 4·3평화공원을 조성하기 시작했고, 그해 10월 15일에는 드디어 『제주 4·3사건 진상 보고서』가 확정되었다. 2005년 정부는 제주도를 '세계 평화의 섬'으로 선포했으며, 2006년 고 노무현 전 대통령이 국가 원수로는 처음으로 4·3 위령제에 참석했다.

"국가 권력은 어떠한 경우에도 합법적으로 행사되어야 하고, 일탈에 대한 책임은 특별히 무겁게 다뤄져야 합니다. 또한 용서와 화해를 말하기 전에 억울하게 고통받은 분들의 상처를 치유하고 명예를 회복해야 합니다. 이것은 국가가 해야 할 최소한

▲ 노무현 대통령이 제주 도민과의 대화에서 4·3사건에 대한
정부의 공식 입장을 밝히고 있다.(2003. 10. 31)

의 도리입니다."라는 추도사는 제주 도민의 슬픔을 위로해 주었으며, 진실을 어떻게 밝혀야 하는가에 대한 방향을 제시한 것으로 볼 수 있다.

4·3사건은 미군정 치하에서 일어났다. 따라서 미국도 그 책임에서 자유로울 수 없다. 육지 경찰과 서북청년단 같은 우익 단체를 제주도에 파견해 제주 도민에게 무자비한 폭력을 휘두른 것은 미군정이 제주도를 '빨갱이 섬'으로 인식한 결과다. 미군 촬영 팀이 제작한 무성 기록 영화 〈제주도 메이데이〉는 제주도 전체가 무장대에 의해 불타고 있는 것처럼 그렸다.

2003년 발간된 『제주 4·3사건 진상 조사 보고서』에는 "집단 인명 피해 지휘 체계를 볼 때, 중산간 마을 초토화 등의 강경 작전을 폈던 9연대장과 2연대장에게 1차 책임을 물을 수밖에 없다."고 적혀 있다. 이 두 연대장이 작전을 펼친 1948년 10월부터 1949년 3월까지 6개월 동안 전체의 80퍼센트가 넘는 희생자가 집중되었기 때문이다. 그리고 최종 책임은 결국 이승만 대통령에게 돌아갈 수밖에 없다. 이승만 대통령은 계엄령을 선포하고 강경 작전을 지시했지만 이들에 대한 책임 규명은 명확히 밝혀지지 않았다.

미국의 정치 사상가 노엄 촘스키는 "권력자들은 그들이 저지른 범죄를 쉽게 잊어버린다. 미국이 제주 4·3사건의 끔찍한 비극에 대해 많은 책임이 있다는 것은 말할 필요조차 없기 때문에 미국 대통령의 사과가 있어야 한다."는 메시지를 제주4·3연구소에 보내왔다.

연좌제의 고통은 제주도 전체에 오랫동안 퍼져 있었다. 입산자의 가족이라는 이유로 사회에서 따돌림 받은 것은 물론이고 수시로 신원조회를 받아야 했다. 일상생활도 감시받았으며, 공직 진출이나 승진, 사관 학교 입학, 해외 출입 등에 온갖 불이익을 당했다. 연좌제가 풀린 지금도 4·3사건을 겪은 사람들은 피해 의식 속에서 살고 있다. 이 책을 집필하기 위해 만난 어르신들은 이야기를 하다가도 자기 이름은 빼라, 어디 가서 말하지 마라, 이런 말을 자주 했다. 그동안 당한 일들이 하도 많아 아직까지도 불안함 속에서 하루하루를 보내고 있는 것이다.

후유 장애 문제로도 많은 사람들이 고생했고, 그 고통은 지금도 이어지고 있다. 최근에야 4·3 피해 유족 지정 병원이 생기면서 한시름 놓을 수 있게 되었지만, 그들의 아픔은 말로 다 표현할 수가 없다. 육체의 고통도 고통이지만, 정신적 고통도 삶을 피폐하게 했다. 무명천 할머니로 잘 알려진 진아영 할머니는 1949년 1월 경찰의 총격으로 턱을 잃은 뒤 평생을 무명천으로 턱 주위를 싸맨 채 살아야만 했다. 이처럼 살아남은 사람들은 육체적으로 정신적으로 힘겨운 나날을 보냈다.

1992년 다랑쉬굴에서 11구의 유해가 발굴되었다. 근처에 있는 다랑쉬마을은 4·3 때 전소되어 없어진 마을 중 하나다. 증언에 따르면 유해 중에는 여자와 어린아이도 있었다. 토벌대는 다랑쉬굴 속에 숨어 지내던 사람들에게 수류탄을 던지고 불을 질렀다. 그때 현장을 발견한 증언자는 시신들을 가지런히 정리해 놓고 수십 년을 침묵했다.

2007년 제주4·3위원회는 곤을동, 영남동 등 잃어버린 마을과 북촌 너븐숭이, 섯알오름, 목시물굴 등의 학살터 등 4·3 유적지를 복원, 정비하기 시작했다. 그러나 마을이 복원된다고 해도 이미 목숨을 잃은 사람들은

▲ 위령제 제단 위에 부착된 희생자 명단을 확인하는 유족들(2003. 4. 3)

돌아올 수 없으며, 악몽 같은 시간 속에서 살아남은 사람들도 그 끔찍했던 곳으로 돌아가려고 하지 않는다.

제주국제공항에서 발굴된 유해 중에는 신원이나 유족을 밝히지 못한 경우가 많다. 제주대학교 법의학교실에서 DNA 유전자 분석을 통해 억울한 죽음의 이름을 찾고 있지만, 지금은 그 예산마저 끊기는 바람에 영령들은 여전히 허망하게 누워 있다.

또한 행방불명자 문제도 남아 있다. 유해를 찾지 못해 행방불명자로 떠도는 원혼들이 있는 것이다. 4·3사건 당시 행방불명된 제주 도민은 3천여 명으로 추정된다. 제주4·3평화공원에는 행방불명자 묘비가 마련되었고, 2008년 옛 주정 공장 터에서는 행불자들을 위한 진혼제가 열리기도 했다. 행불자 문제는 4·3사건 진상 규명과 함께 반드시 해결되어야 할 문제이며, 그들의 원혼을 찾아 편히 잠들게 해야 한다. 제주 4·3사건은 이처럼 아직도 끝나지 않았으며, 해야 할 일들 역시 많이 남아 있다.

역사의 비극은 왜 자꾸 반복될까? 우리는 왜 지금 4·3을 기억해야 할까?

사회학자 김동춘은 한국전쟁 때 자행된 학살의 진실을 다룬 『이것은 기억과의 전쟁이다』를 통해 우리의 현재를 들여다보는 것의 시작이 '기억의 공유'임을 역설했다. '기억과의 전쟁'을 우리에게 강렬하게 심어 준 것은 2014년 4월 16일, 세월호 침몰 사건이다. 해가 바뀌도록 사고 원인과 구조 과정의 문제점 등 진실은 아직도 제대로 밝혀지지 않은 채, 한쪽에서는 사람들의 기억 속에서 이 사건이 희미해지도록 애쓰고, 다른 한쪽에서는 어떻게든 기억을 되살려 진실을 기록하고, 많은 사람들과 공유할 수 있도록 노력한다.

제주 작가 세 명은 『믿을 수 없는 이야기, 제주4·3은 왜?』를 위해 오랜 시간 고군분투했다. 우리가 지나온 역사를 제대로 들여다보고 기억해야 세월호 참사 같은 비극을 막을 수 있다고 여겨서이다.

우리는 4·3을
무어라
부르게 될까?

2000년 1월 12일 공포된 4·3특별법(정식 명칭은 제주 4·3사건 진상 규명과 희생자 명예 회복에 관한 특별 법)은 『제주 4·3사건 진상 보고서』를 통해 '4·3'을 다음과 같이 정의하고 있다.

"1947년 3월 1일 경찰의 발포 사건을 기점으로 하여, 경찰·서청(서북청년단)의 탄압에 대한 저항과 단선(단독 선거)·단정(단독 정부) 반대를 기치로 1948년 4월 3일 남로당 제주도당 무장대 가 무장봉기한 이래 1954년 9월 21일 한라산 금족 지역이 전면 개방될 때까지 제주도에서 발생한 무장대와 토벌대 간의 무력 충돌과 토벌대의 진압 과정에서 수많은 주민들이 희생당 한 사건."(536쪽)

그 뒤로 4·3은 통칭 '제주 4·3사건'이라고 일컬어지고 있다. 그러나 7년 7개월에 걸쳐 사건 이 벌어지는 동안 이와 관련된 서로 다른 시각과 주장에 따라 '4·3'은 '폭동' '반란' '민중 항쟁' '항쟁' '봉기' '사건' '사태' '양민 학살' 등등의 여러 이름으로 불려 왔다.

이처럼 표현이 서로 다른 이유는 4·3을 '어떻게' 바라보느냐는 시각 차이 때문이라고 할 수 있다.

미군정과 4·3사건 와중에 세워진 한국 정부의 주장을 대변하는 쪽에서는 오랜 세월 동안 '폭동' '반란'이라고 규정해 왔다. 5·10 단독 선거 반대를 주장하며 봉기한 세력과 제주도 사람들을 폭도로 보고 철저한 응징 대상으로 규정한 것이다.

반면 5·10 단독 선거 반대라는 무장대 봉기의 정당성과 집권 세력에 대한 제주 도민의 저항에 주목하는 쪽에서는 '민중 항쟁' '항쟁'이라고 규정한다. '봉기'는 단독 선거 반대 등을 내세운 남로당 제주도 위원회의 움직임에 비중을 둔 표현이다.

마지막으로 제주 도민의 억울한 희생, 또는 4·3 당시 제주 도민이 느낀 위험성을 대변하는 표현은 각각 '사건' '양민 학살' '사태' 등이라고 할 수 있을 것이다. 실제로 4·3을 겪은 제주 사람들은 '사태'라는 표현을 자주 쓴다.

그러나 이 명칭들 가운데 대다수 한국인의 기억을 가장 오래 지배해 온 표현은 '폭동'과 '반란'일 것이다. 4·3 당시 미군정과 이승만 정부의 인식이 그러했고, 거의 20여 년에 걸친 박정희 군부 독재 정권과 그 뒤를 이은 군사 정권 또한 이러한 인식을 전면에 내세우며 다른 시각의 논의를 허용하지 않았다. 국가 기관의 기록물과 교육부에서 발행하는 국정 교과서는 4·3을 북한의 사주를 받은 '폭동'이라고 서술했으며, 이에 반하는 주장은 처벌 대상이 됐다.

4·3을 둘러싼 새로운 논의가 시작되고, '항쟁'이라는 인식 위에 진실을 규명하려는 목소리가 나온 것은 1980년 후반 민주화 운동이 진행되는 과정에서였다. 이러한 시도와 노력의 성과물이라고 할 수 있는 대한민국 정부의 4·3특별법 제정과 진상 보고서 채택, 이에 따른 대통령의 사과는 오랜 세월 국가에 의해 씌워졌던 '4·3은 폭동'이라는 굴레를 벗기는 계기가 됐다. 2007년 국사 교과서에는 4·3이 "제주도에서 벌어진 단독 선거 반대 시위를 진압하는 과정에서 수만 명의 인명 피해가 일어난 사건"으로 나와 있다.

　　그렇다면 4·3은 앞으로도 계속 '제주 4·3사건'이라 불리는 것이 맞을까? 4·3특별법은 분명 무력 충돌과 진압 과정에서 발생한 주민들의 희생에 초점을 맞추고, 그 진실을 밝힐 것을 천명하고 있다. 그럼에도 아쉬움이 남는 까닭은 4·3의 '역사적 성격' 규명을 미루고 있는 듯 보이기 때문이다. 또한 정부 차원에서 '5·16 군사 혁명'을 '5·16 군사 쿠데타'로, '5·18 광주 사태'를 '5·18 광주 민주화 운동'으로 바로잡으며 각 사건의 '역사적 성격'을 분명히 한 사실을 기억하고 있기 때문이다.

이 책에 참여한 작가들의 4·3 답사기

❶ 큰넓궤

「무동이」 배경: 1948년 11월 동광리 마을 사람들이 숨어 지낸 곳. 영화 〈지슬〉 촬영지. ─ **서귀포시 안덕면 동광육거리에서 걸어 올라감.**

❷ 관덕정, 북초등학교

「아홉 살 치순이」 배경: 1947년 28회 3·1절 기념식과 3·10 총파업 현장. ─ **관덕정은 제주시 삼도 2동에 위치해 있고 500미터 거리에 북초등학교가 있다.**

❸ 너븐숭이 4·3기념관

널찍한 돌밭이라는 뜻을 가진 '너븐숭이'. 북촌 너븐숭이 일대는 4·3사건 당시 가장 많은 희생자가 발생한 지역 중 하나다. 1948년 1월 17~18일 발생한 '북촌 사건'은 토벌대가 마을 인근에서 군인들이 기습받은 데 대한 보복으로 조천면 북촌리를 모두 불태우고 주민 약 400명을 집단 총살한 사건이다. 이러한 집단 학살로 북촌은 한때 '무남촌(無男村)'으로 불리기도 했다. 소설가 현기영은 제주4·3 당시 북촌 민간인 피해를 다룬 「순이 삼촌」을 1978년 발표하면서 4·3사건의 참혹상과 그 후유증을 고발함과 동시에 오랫동안 묻혀 있던 사건을 문학을 통해 공론화했다. 너븐숭이 4·3기념관에는 북촌리 집단 학살 사건의 진상, 「순이 삼촌」 소설 등이 전시되어 있고, 주변에 애기무덤과 북촌리 4·3위령비, 순이 삼촌 문학비 등이 있다. ─ **제주시 조천읍 북촌3길. 제주 올레 19코스.**

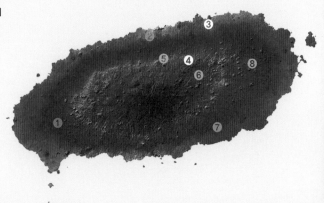

❹ 제주4·3평화공원

4·3사건 60주년을 맞아 2008년 3월 28일 개관한 제주 4·3평화공원은 4·3사건 희생자의 넋을 위로하고 4·3의 역사적 의미를 되새겨 희생자의 명예 회복 및 평화와 인권을 위한 역사의 장이다. 위령제단, 추념광장, 위령탑, 4·3평화기념관 등으로 구성되어 있다. 정부의 제주 4·3사건 진상보고서를 토대로 연출된 전시 구성은 제주 4·3사건 이전의 시대 상황부터 제주 4·3사건 이후 진상 규명 운동까지의 전 과정이 차례로 펼쳐져 있어 역사교육의 장으로 활용할 수 있다. 공원에 설치된 조형물 중 '모녀상'은 아이를 안은 어머니가 토벌대의 총탄에 고통스럽게 쓰러지는 모습을 형상화하여 보는 이들을 슬프게 한다. 또한 '귀천'이라는 상징 조형물은 제주 4·3사건 당시 아무런 이유 없이 억울하게 죽은 영혼들을 위무하고, 그들의 넋을 기리기 위해 제작되었다. 4·3의 진실과 더불어 화해와 상생의 정신으로 평화와 인권의 가치를 되새겨 볼 수 있다. **— 제주시 봉개동**

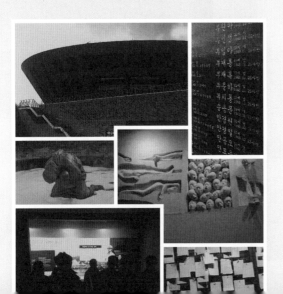

❺ 걸머리(금천마을)

「죽성 할망」 배경: 1948년 10월 중산간 소개 당시 불태워진 마을. **— 제주시 아라동**

❻ 이덕구 산전

「덕구 대장」 배경: 1949년 6월 7일 무장대 총사령관 이덕구가 경찰에 의해 사살 당하기 전까지 일행과 더불어 몸을 숨겼던 곳으로, 오늘날 한국에서 가장 아름다운 길로 꼽히는 '사려니 숲길' 안쪽에 이덕구 산전이 있다. **— 제주시 조천읍**

❼ 의귀초등학교, 송령이골

「다 큰 지지빠이 병이」 배경: 1949년 1월 무장대가 남원면 의귀리에 주둔해 있는 군대를 습격했다 크게 패하고 만다. 군인들은 의귀리 전투 전후 의귀초등학교에 수용했던 중산간 마을 주민 80여 명을 집단 총살한다. 의귀리 전투에서 사망한 무장대의 시신이 집단 매장된 곳이 송령이골이다. **— 남원읍 의귀리**

❽ 높은오름

「맹종이의 비밀」 배경: 1948년 4월 3일 새벽 2시 제주도 곳곳의 오름에서 봉화가 피어오르며 4·3사건이 본격적으로 시작된다. 어느 오름에서 시작되었는지는 밝혀지지 않았다. **— 구좌읍 송당리 산 213-1**

▲ 제주4·3평화기념관 백비白碑

이승만 Rhee Syng-Man   김구 Kim Koo   김규식   여운형

▼ 제주4·3평화공원 각명비

조천리

▼ 제주4·3평화공원 '모녀상'

▲ 제주4·3평화공원 위령탑

▼ 故 진아영 무명천 할머니

Q 왜 숨어 살았습니까 ?
산에서 내려온 사람 무섭고, 우리눈 앞에서
사람 죽었다. 암덕구장인가 면장인가 표선리 네거리에서 사람 죽었다.

에드워드 J. 베이커
하버드 옌칭 연구소 부소장

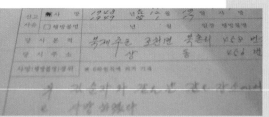

▲ 북촌 너븐숭이 4·3기념관 전시관 내부

▲▼ 「순이 삼촌」 문학비

▼ 제주4·3 희생자 북촌리 원혼위령비

▼ 애기무덤 돌탑

● **건국준비위원회**(약칭 건준)

1945년 8월 15일 여운형의 주도로 해방과 함께 발족한 정치 단체. 정식 명칭은 조선건국준비위원회다. 여운형은 당시 유력한 민족지도자였다. 조선 총독부는 패전이 눈앞에 닥치자 여운형에게 협상을 청했다. 행정권 등의 권한 이양을 조건으로 조선에 거주하는 일본인들의 생명과 재산, 일본으로 안전한 귀국을 보장받고자 한 것이다. 1944년부터 비밀리에 '건국동맹'을 결성, 건국 준비 운동을 해 오던 여운형은 '전국의 정치·경제범 즉시 석방, 3개월간의 식량 확보, 모든 조선인의 정치 활동 완전 보장' 등을 요구하며 협상에 응했고, 총독부는 이를 받아들였다. 이에 여운형은 '건국동맹'을 모태로 좌우익을 망라한 인사를 규합해 건국준비위원회를 만들어 본격적인 건국 운동에 나서게 된다.

본격적인 활동에 들어간 건국준비위원회가 발표한 강령은 3가지였다.

① 우리는 완전한 독립 국가의 건설을 기한다.

② 우리는 전 민족의 기본 요구를 실현할 수 있는 민주주의적 정권의 수립을 기한다.

③ 우리는 일시적 과도기에 국내 질서를 자주적으로 유지하며 대중 생활의 확보를 기한다.

건국준비위원회는 군·읍·면 등에서 건국준비위원회, 인민위원회, 자치위원회, 치안유지위원회 등의 지방 조직도 갖춰 나간다. 8월 말에 이르면 이와 같은 중앙 건준의 지역 하부 조직이 145개소에 이른다. 제주도에서도 1945년 9월 10일 제주 건준이 결성됐다.

해방 직후 대중의 지지 속에 치안 유지와 건국 준비에 박차를 가하던 건준은 9월 6일 조선인민공화국(약칭 인공)의 수립을 선포하며, 미군이 주둔하기 전에 정부의 형태를 갖추려고 한다. 그러나 38선 이남에 주둔한 미군정은 직접 통치를 선언하며 정부로서의 '인공' 승인을 거부했다.

● **계엄령**

계엄령은 내란, 반란, 전쟁, 폭동, 국가적 재난 따위의 비상사태 때문에 국가의 일상적인 치안과 사법권을 유지하기가 불가능하다고 판단될 경우, 대통령 같은 국가 원수나 행정부의 우두머리가 입법부의 동의를 얻어 군대를 동원, 치안과 사법권을 유지하는 조치다. 계엄령이 선포된 지역에서는 계엄 사령부가 행정 사무와 사법 사무를 맡는다. 계엄령을 인정하는 대부분의 나라에서는 계엄령을 초비상 사태에 대한 일시적인 조치로 규정하고 있지만, 독재 정권이 반대자를 탄압하는 데 이용하거나 정통성을 부여받지 못한 권력 집단이 권력을 유지하는 방편으로 삼는 등 부정하게 사용되고 있다. 4·3사건 당시에도 계엄령이 선포되었는데, 1948년 11월 17일 선포되어 같은 해 12월 31일 해제되었다.

● 김달삼(1923~1950)

본명은 이승진. 1945년 도쿄 중앙 대학 전문부 법학과에서 공부하다가 일본 후쿠치야마(福知山) 육군 예비 사관 학교를 나와 일본군 소위로 임명되었다. 해방 후 귀국하여 1946년 말 제주도 대정중학원 사회과 교사로 재직하고, 남로당 대정면 조직부장을 맡았다. 제주 4·3사건이 진행될 때는 인민 해방군 사령관과 남로당 제주도 위원회의 조직부장을 맡았는데, 제주도 남로당은 당 중앙의 지령을 받지 않고 독단적으로 봉기를 일으켰다. 김달삼은 1948년 8월 해주에서 열린 남조선 인민 대표자 회의에 제주 대표로 참가해 '4·3투쟁에 관한 보고'를 하기도 했다.

● 남로당

남조선노동당을 말한다. 1946년 11월 23일 서울에서 조선공산당·남조선신민당·조선인민당이 합당해서 결성한 사회주의 정당이다. 미군정 시기에는 불법 단체가 아닌 합법 단체였다.

● 냉전(冷戰, cold war)

무기를 사용하는 전쟁인 열전(hot war)에 대응하는 개념으로, 2차 세계대전 직후부터 미국으로 대표되는 자본주의 진영과 소련(소비에트 연방, 지금의 러시아)으로 대표되는 사회주의 진영 사이의 적대적인 갈등과 대립을 주로 가리키는 용어. 2차 세계대전 동안 동맹 관계를 맺었던 미·소 양국은 종전을 전후하여 세계 재편을 두고 대립하기 시작했다. 소련이 점령한 동유럽에 사회주의 국가가 빠른 속도로 들어서자, 1947년 3월 미국은 공산주의의 확산을 막기 위해 군사·경제 원조를 약속하는 대외 정책인 '트루먼 독트린'을 선언하고, 6월에는 유럽 경제 원조 정책인 '마셜 플랜'을 발표하며 서유럽의 사회주의화를 막으려 했다. 그러자 소련도 그해 10월에 각국 공산당 연합 기관인 '코민포름'을 결성해 맞섬으로써 냉전이 본격화했다.

미국과 소련 두 나라의 대립은 종전 후 독일 점령을 둘러싸고 절정에 이른다. 양 진영에 의해 분할 점령되어 각 진영끼리 군사 대립의 위기를 맞았던 독일은 1949년 가을 끝내 동·서로 분단되어 동독에는 독일민주공화국이, 서독에는 독일연방공화국이 들어섰다. 이는 종전 후 미·소 두 나라가 점령했던 지역에 각각 영향력을 행사할 수 있는 '정부'가 수립되었다는 점에서 우리나라의 분단 상황과 흡사하다.

그 뒤 냉전은 한국전쟁, 베트남 전쟁, 쿠바 사태, 소련의 아프가니스탄 침공 등 다양한 양상으로 전개되었다. 그러나 1990년 동독과 서독이 통일되고 1991년 소련이 해체되면서 사실상 냉전은 끝났다고 할 수 있다.

● 대구 사건(대구 10월 사건)

1946년 10월 미군정의 식량 정책에 항의하는 시위를 벌인 대구 시민들에게 경찰이 총격을 가한 사건이 계기가 되어 발생했으며, 1946년 12월 중순까지 이어졌다.

● 미군정

1945년 9월 9일부터 남한(한반도 북위 38도 이남)에 주둔한 미군이 1948년 8월 15일 남한 단독 정부인 대한민국이 수립될 때까지 실시한 군사 통치를 말한다.

미군정이 실시된 3년 동안 이남 지역에서 벌어진 많은 일들 가운데 가장 인명 피해가 컸던 사건은 4·3사건이다. 2003년에 발행된 『제주 4·3사건 진상 보고서』는 미군정과 4·3사건의 관계를 이렇게 밝히고 있다. "4·3사건의 발발과 진압 과정에서 미군정과 주한 미군 군사고문단도 자유로울 수 없다. 이 사건이 미군정 하에서 시작됐으며, 미군 대령이 제주 지구 사령관으로 직접 진압작전을 지휘했다. 미군은 대한민국 수립 이후에도 한미간의 군사협정에 의해 한국군 작전통제권을 계속 보유하였고, 제주 진압작전에 무기와 정찰기 등을 지원하였다. 특히 중산간 마을을 초토화시켰던 9연대 작전을 '성공적 작전'으로 높이 평가하는 한편 군사고문단장 로버츠(William L. Roberts) 준장이 송요찬 연대장의 활동상을 대통령의 성명 등을 통해 널리 알리도록 한국 정부에 요청한 기록도 있다." (539쪽)

● 민보단(民保團)

민보단은 우익 단체다. 민보단의 기원으로는 1948년 5·10 총선거를 앞두고 경찰의 '협조 기관' 성격으로 조직된 향보단(鄕保團)을 꼽을 수 있다. 실질적으로 관할 지역 경찰 서장이 단원을 인솔한 향보단은 민폐가 심했다. 선거 직후인 5월 25일 해산 조치 되었지만, 같은 해 6월에 민보단으로 이름만 바꾸어 향보단이 하던 일을 그대로 이어받았다. 1950년 해산됐으나, 그 후 대한청년단 특무대로 개편되어 이승만 정부에서 독재 정치의 전위 역할을 했다.

● 백지 날인

1948년 7월 중순부터 남측 전역에서는 해주에서 열리는 남조선 인민 대표자 회의에 참가할 남측 대표자를 뽑기 위한 '지하 선거'가 열렸다. 그때 4·3사건이 벌어지고 있던 제주도 내에서는 지하 선거가 주로 백지에 이름을 쓰거나 손도장을 받아 가는 형식으로 치러졌다. 무장대의 강요에 마지못해 가명으로 이름을 쓰고 손도장을 찍는 경우도 많았는데, 이를 '백지 날인'이라고 한다. 백지 날인은 훗날 지하 선거와 관련 없는 사람들이 총살당하는 원인이 되기도 했다.

● 보도연맹

보도연맹은 좌익 세력을 전향시켜 남로당과 북로당의 배격·분쇄를 목적으로 하는 단체다. 표면상으로는 좌익에서 전향한 사람들을 '보호하여 지도(保導)'한다고 하지만, 전향자가 제출한 자백서를 토대로 좌익 세력을 섬멸하려는 취지가 강했다.

● 4·28 평화회담과 김익렬

4·28 평화회담은 당시 미군정 최고 책임자였던 딘 장관의 "대규모 공격에 앞서 항복을 유도하라."는 지시에 따라 이루어졌다.

1948년 4월 28일 정오, 대정면 구억리에서 열린 평화 협상에서 무장대 총책 김달삼과 김익렬 연대장은 다음과 같은 몇 가지 사항에 합의했다. ① 72시간 내에 전투를 완전히 중지하되 산발적으로 충돌이 있으면 연락 미달로 간주하고, 5일 이후의 전투는 배신 행위로 본다. ② 무장 해제는 점차적으로 하되 약속을 위반하면 즉각 전투를 재개한다. ③ 무장 해제와 하산이 원만하게 이루어지면 주모자들의 신병을 보장한다. ④ 합의된 귀순 절차는, 회담 이튿날 모슬포 연대 본부와 제주읍 비행장에 각각 귀순자 수용소를 설치하고 점차 서귀포·성산포 등지에도 수용소를 세우되, 군이 직접 관리하고 경찰의 출입을 통제하는 것으로 한다.

그러나 협상이 이루어진 지 사흘 만인 5월 1일 우익 청년단이 제주읍 오라리 마을에 방화하는 세칭 '오라리 사건'이 벌어지고, 5월 3일에는 미군이 경비대에게 총공격을 명령함에 따라 협상은 깨졌다.

● 서북청년회(서북청년단, 약칭 서청)

1946년 11월 30일, 월남한 이북 청년들 700여 명이 종로 YMCA(서울기독교청년회)에서 결성한 극우 반공 청년 단체다. 해방 후 소련이 주둔했던 이북에서 친일파 청산과 지주 숙청, 토지 개혁 등이 실시되자 이를 피해 반공 우익 인사, 친일파, 대지주, 종교인 등 상당수의 이북 사람들이 이남으로 내려온다. 월남한 청년들 가운데 일부는 동향인 모임을 중심으로 청년 단체를 조직해 반공 투쟁에 앞장선다.

그중 여러 단체가 모여서 만든 조직이 바로 서북청년회다. 이들은 '좌익 평정', 즉 반공을 최우선적인 기치로 내걸고, 좌익 세력에 대한 극렬한 폭력 투쟁을 전개한다. 서청 세력은 전국으로 확산된다. 경찰 당국의 비호 속에 1947년 3·1절 기념식 직후의 남대문 충돌 사건, 부산극장 테러 사건, 정수복 검사와 박경영 사장 암살 사건 등의 반공 테러를 한다.

서청의 폭력과 테러는 제주 4·3사건에서 극에 달한다. 3·10 총파업 사건 이후 제주에 모습을 드러낸 서청은 경찰 보조 업무를 담당하며 무전 취식, 쌀과 돈 등의 기부 강요, 태극기, 이승만 사진 강매를 일삼아 제주 도민과 갈등을 빚기 시작한다. 지역 인사에 대한 테러, 지역 단체와의 충돌, 도민을 상대로 한 잔인한 폭력 행사가 빈번해지고, 고문과 구타를 자행한다. 서청의 이러한 과도한 행동은 4·3사건이 일어난 주요한 원인 가운데 하나로 언급된다.

1948년 4월 3일 직후 서청 대원 500여 명이, 그해 6월에는 700여 명이 각각 조병옥 경무부장과 송요찬 국방경비대 2연대장의 요청으로 경찰과 군인이 되어 토벌 작전에 투입된다. 제주도 전역에서 군경의 초토화작전이 벌어지던 1948년 말에는 1000여 명의 서청대원이 경찰, 군인이 되어 추가로 내려온다. 제주에서 서청의 악명은 날로 높아 간다. 목숨을 담보로 한 금품 갈취, 고문치사, 집단 즉결 처형, 신체 훼손, 집단 성폭행 등 말로 형언하기 어려울 지경에 이른다.

서청의 이러한 초법적(超法的)인 행위는 '반공'을 앞세운 그들의 폭력과 테러를 필요로 했던 세력에 의해 용인된 것으로 보인다. 제민일보 4·3취재반의 『4·3은 말한다』 4권에는 서북청년회의 "배후에는 조병옥과 이승만, 그리고 미군정이 있었다."(147쪽)고 나와 있다. 또한 『제주 4·3사건 진상 보고서』의 결론 서청 관련 부분(537쪽)에는 "서청의 제주 파견에는 이승만 대통령과 미군이 후원했음을 입증하는 문헌과 증언이 있다."고 적혀 있다.

● 신탁 통치

국제 연합(유엔)의 감독 아래, 특정 국가가 완전한 정부 수립 능력이 없는 나라를 일정 기간 동안 대신 통치하는 제도를 말한다. 2차 세계대전이 끝난 뒤 1945년 12월 전후 처리 문제를 논의하기 위해 모스크바에서 만난 미·영·소 3국 외상(모스크바 삼상회의)은 한반도의 신탁 통치를 결의한다.

그 주요 내용을 진행 순서에 따라 정리하면 이렇다. ① 미·소 양국이 미소공동위원회를 만들어 조선인 정치 단체와 임시 정부 수립 방안을 협의한다. ② 조선 임시 정부를 수립한다. ③ 이후 최고 5년 기한으로 미·영·중·소 4개국에 의한 신탁 통치를 실시한다.

모스크바 삼상회의의 신탁 통치 결정은 한반도를 찬탁과 반탁의 소용돌이로 몰아간다. 우익 세력은 반탁 운동의 깃발을 높이 들었고, 좌익 세력은 신탁 통치 지지를 표명했다. 일반 대중의 정서는 반탁 쪽으로 기울었다.

● 예비 검속

예비 검속은 범죄를 방지한다는 명목으로 범죄를 저지를 가능성이 있는 사람을 미리 구금하는 것이다. 일제 강점기의 예비 검속법은 해방 후 폐지되었다. 그러나 제주도에서는 1948년 10월 이후 대대적인 예비 검속이 시행되었으며, 특히 한국전쟁이 일어나자 전국에서 예비 검속이 시행되었다. 제주도에서는 이를 빌미로 제주읍·서귀포·모슬포 등지에서 주민들을 여러 차례 집단으로 총살했다.

● 5·10선거

1948년 5월 10일 실시된 대한민국 제헌 국회의원 선거를 말한다. 모스크바 삼상회의에 따라 설치된 미·소공동위원회에서 신탁 통치를 포함한 한국 문제를 논의했으나 미소의 입장 차이로 회담이 깨졌다. 미국은 임시 정부 수립 문제를 유엔에 넘겼고 미국의 영향력이 컸던 유엔은 38선에 따라 나뉘는 남북이 총선거를 치러 이를 바탕으로 정부를 구성한다는 안을 내놓았다. 그러나 인구 비례에 의한 선거를 하게 되면 국회의원 수가 남한보다 적어질 것을 우려한 소련이 이를 거절함으로써 남북한 총선거는 무산되었다. 유엔 총회에서는 소련의 반대에도 불구하고 남한만 단독으로 선거를 치르기로 결정했다. 그러자 이에 반대하는 투쟁이 일어났다. 단독 선거는 분단을 의미했으며, 이는 당시 대다수의 사람들이 바라던 통일 정부 수립을 원천적으로 봉쇄하는 것이기 때문이다. 제주에서 일어난 4·3 봉기의 주요한 이유도 5·10 단독 선거 반대였다. 단선 반대를 내세운 봉기는 제주 도민의 호응을 얻었으며 이로 인해 제주도는 5·10선거를 거부한 남한의 유일한 지역이 되었다.

● 이덕구(1920~1949)

어릴 때 일본으로 건너가 리쓰메이칸 대학 경제학부에 재학 중 1943년 학병으로 관동군에 입대했다. 1945년 고향인 제주도로 돌아와 조천중학원에서 교사로 근무하다 한라산으로 들어갔다. 제주도 인민 유격대 3·1지대장을 맡아 제주읍, 조천면, 구좌면을 중심으로 활동했다.

1948년 8월 김달삼이 황해도 해주에서 열리는 남조선 인민 대표자 회의에 참석하게 되자, 이덕구는 남로당 제주도 위원회 군사부장과 제주도 인민 유격대 사령관 직책을 이어받았다. 1949년 6월 경찰과 전투를 치르다 사망한 것으로 알려졌다.

● 이승만

대한민국의 1, 2, 3대 대통령이다. 4대 대통령으로도 당선됐지만, 4·19혁명으로 물러났다. 해방 정국에서 이승만은 김구 등과 함께 우파를 대표한다. 해방되던 해 10월 미국에서 귀국하여 독립촉성중앙협의회를 만들었으며, 철저한 반공과 친미 노선을 견지한다. 1945년 12월 모스크바 삼상회의에서 결정된 신탁 통치에 반대하며 반탁 운동을 이끌던 그는 1946년 6월 3일 '정읍 발언'을 통해 최초로 남한 단독 정부 수립을 주장하고 미국 정부에 지지를 호소한다. 극우 청년 단체(서북청년단)를 지원하고, 1947년 3월 방한 중인 미 육군성 차관과의 회담에서 "한국 정부가 수립되면 한국인들은 매우 기꺼이 미국이 제주도에 영구적인 기지를 설치하도록 할 것을 확신한다."고 밝힌다.

이듬해인 1948년 5월 10일에 실시된 남한 단독 총선거(5·10선거)에 동대문구 갑에 단독 입후보, 무투표로 당선된 뒤 제헌국회 의장으로 선출됐으며, 제헌의회 대통령 선거를 통해 초대 대통령에 선임된다. 같은 해 11월 17일 제주도에 계엄령을 선포하는데, 이는 제주도 초토화작전의 근거가 된다. 4·3사건 기간 중 민간인의 희생이 가장 컸던 시기가 바로 초토화작전이 벌어진 1948년 11월부터 1949년 2월이었다. 이승만의 4·3사건에 대한 강경 정책은 1949년 1월 12일 국무회의에서 발언한 내용을 통해서도 알 수 있다.

"미국 측에서 한국의 중요성을 인식하고 많은 동정을 표하나, 제주도·전남 사건의 여파를 완전히 발근색원(拔根塞源)하여야 그들의 원조는 적극화할 것이며 지방 토색 반도 및 절도 등 악당을 가혹한 방법으로 탄압하여 법의 존엄을 표시할 것이 요청된다."

● 인민위원회

건준의 지방 조직. 다양한 이름으로 불리던 건준의 지방 조직이 점차 '인민위원회'로 불리게 된 것은 건준 중앙 지도부가 조선인민공화국(인공)의 수립을 선포한 이후다. 인공이 '정부'를 표방했으므로, 인민위원회는 지방 자치 담당 기구라고 할 수 있다. 인민위원회는 해당 지역에서 신망이 두터운 인사들을 중심으로 결성됐다. 좌우익을 가리지 않고 다양한 계층의 사람들이 활동에 참여했으며, 지역 주민들의 지지 또한 높았다. 주로 지역의 치안, 행정, 식량 문제 해결 등을 담당했던 인민위원회는 특히 혼란한 해방 정국의 치안 유지에 주력했다. 조선에 거주하고 있던 일본인(민간인과 군인 패잔병 등)의 횡포를 막고, 그들이 토지와 산업체, 군수 물자 등을 임의로 처분하지 못하도록 감시했다. 그 밖에 교육, 보건, 노동 문제의 해결에도 앞장섬으로써 실질적인 지방 행정 기구의 역할을 했다.

그러나 미군정이 '인공'의 승인을 거부하고 인민위원회를 좌익 단체로 간주하며 친일파 관리와 경찰 등을 대거 다시 등용하는 등, 인민위원회가 지향하는 바와 다른 형태의 직접 통치에 나섬에 따라 미군정과 대립하며 세력을 잃어 간다.

그럼에도 1945년 9월 22일 결성된 제주 인민위원회는 육지에서와는 달리 상당 기간(1946년 중반까지) 실질적인 자치 행정을 이끌었다. 육지의 인민위원회 대부분이 1945년 12월 이후 와해에 이른 것에 견주면 특별한 경우라고 할 수 있다. 미군정도 제주 인민위원회를 암묵적으로 인정하는 태도를 취하며 협력 관계를 유지했다. 이는 항일 운동 인사들이 주축이 되어 중앙보다 비교적 온건하고 독자적인 정책을 펼친 제주 인민위원회가 도민의 전폭적인 지지를 받았기에 가능했던 일로 보인다.

● 좌파, 우파

좌파와 우파는 18세기 말 프랑스 혁명기에 소집된 국민공회에서 의장석을 중심으로 급진적인 자코뱅당이 왼쪽에 앉고 온건파인 지롱드당이 오른쪽에 앉은 데서 유래된 말이다.

이후 보수적이거나 혁명의 진행에 온건한 세력은 우파로, 상대적으로 급진적이고 과격한 세력은 좌파로 나누는 정치적 관행이 생겼다. 이러한 좌·우파의 구분은 정치적 이념이나 운동을 지칭하는 절대적인 개념보다는 상대적인 개념으로 발전하였고, 기득권이나 기존 질서의 유지를 옹호하느냐 변화를 주장하느냐를 기준으로 하는 진보파, 보수파와 종종 혼용되기도 한다. 일반적으로 좌파는 변혁을 추구하며 분배와 복지, 평등을 강조한다. 반면 우파는 안정을 추구하며, 성장과 경쟁, (시장의) 자유를 강조

한다. 따라서 좌파를 사회 변화를 원하는 세력인 '진보', 우파를 사회 안정을 원하는 세력인 '보수'라 칭하기도 한다. 그러나 '진보와 보수'는 절대적인 개념이 아니기 때문에 이러한 등식이 반드시 성립한다고 보기는 어렵다. 좌파적인 정치 이념에 의해 세워진 공산주의 혹은 사회주의 국가에서는 우파적인 견해를 내세우며 사회 변혁을 주장하는 세력이 '진보'가 될 것이다.

우리나라의 경우, 해방 후 정치적 혼란기를 거쳐 분단과 한국전쟁이라는 역사적 상황을 겪으면서 '좌파, 우파'의 구별과 판단이 정부에 맡겨지는 경향을 보인다. '좌파'를 '북한'과 동일시하며, 반국가 세력으로 규정할 뿐 아니라 독재정권, 군사정권에 반대하는 세력 모두를 '좌파'로 몰아 탄압하는 경우도 빈번해진다. 민족주의적 색채가 강한 우리나라의 '우파' 또한 이러한 탄압으로부터 자유롭지 못했다. 당시 정권에 의해 이들도 '좌파'로 몰리기도 했다.

1980년대 후반 민주화운동 이후 '좌파'에 대한 부정적인 인식이 약화되기는 했지만 여전히 '좌파'를 정치적 견해나 사상 측면에서 바라보기보다 '북한'과 연관 지어 위험한 사상, 세력이라고 규정하거나, 자신과 반대 의견을 가진 사람과 집단을 '종북 좌파'로 몰아가려는 움직임이 존재한다. 이는 분단 이후 정권 논리에 의해 우리 사회에 뿌리 깊게 자리 잡은 반공 이데올로기의 결과로 보인다.

● 초토화작전

전쟁 때 적에게 유용하게 사용될 가능성이 있는 모든 것을 파괴하는 전략이다. 초토화작전의 유명한 사례로는 2차 세계대전 당시 이오시프 스탈린의 독소전쟁, 미국 내전 당시 윌리엄 테쿰세 셔먼의 대행진, 나폴레옹의 러시아 원정 당시 러시아 측의 대응을 들 수 있다.

제주 4·3사건에서도 초토화작전이 수행됐다. 1948년 11월 군경 토벌대가 조천면 교래리 주민 30여 명을 총살한 것을 시작으로 중산간 마을에 초토화작전이 펼쳐졌다. 이 작전은 4개월가량 지속되었는데, 대부분의 피해가 이 기간에 발생했다.

토벌대는 무장대의 은신처가 된다는 전제 아래 중산간 마을 주민들을 해안 마을로 강제 소개(疏開)하고, 중산간 마을 100여 곳에 불을 질렀다. 소개령을 전달받지 못했거나 거동할 수 없었던 병자나 노인들이 남아 있는 경우도 있었지만, 이유를 불문하고 무차별 학살이 자행되었다.

● 한민당

정식 명칭은 한국민주당이며, 1945년 9월 고려민주당·조선민족당·한국국민당이 합당해서 조직되었다. 미군정에 몹시 우호적인 정당으로, 주요 구성 세력은 김구·이승만·이시영·서재필·원세훈·조병옥·김성수 등 언론인과 지식인 계층이었다. 충칭 임시 정부를 남한의 유일 정부로 내세웠으며 신탁통치 계획에 반대했다. 1948년 제헌 국회의원 선거에 참여했지만, 29명이 당선되고 총 유효 투표의 13퍼센트 지지를 얻는 데 그쳤다. 1949년 대한국민당과 결합해 민주국민당을 창당하면서 3년 4개월

만에 해체되었다.

● 해주 대회

북한 정권을 수립하기 위한 남조선 인민 대표자 회의다. 북한 대의원은 1948년 8월 25일 북한 지역에서 총선거를 실시해 뽑기로 하고, 공개적인 선거를 치를 수 없는 남한에서는 각 시·군의 인민 대표가 해주에 모여 대의원을 뽑기로 했는데, '지하 선거' 후에 열린 인민 대표자 회의를 '해주 대회'라고 한다.

4·3사건 일지(1945~2014)

1945년

8월 15일 : 해방. 여운형 주도로 '조선 건국준비위원회(건준)' 발족

9월 6일 : 건준, '전국 인민 대표자 회의' 열고 '조선인민공화국'(주석 이승만, 부주석 여운형) 수립을 선언

9월 7일 : 미국의 맥아더 장군, 북위 38도선 이남 지역을 미군이 점령하며 미군의 명령에 반항하는 자는 처벌한다는 내용의 '포고 1호'와 '포고 2호' 발표

9월 10일 : '제주도 건국준비위원회' 결성

9월 22일 : '제주도 건국준비위원회'가 '제주도 인민위원회'로 개편

11월 10일 : 미군 20연대 59군정 중대가 제주도에 진주해 군정 업무 시작

12월 28일 : 모스크바 삼상회의에서 한국을 신탁 통치 하기로 결정됐다는 소식이 국내에 전해짐

1946년

1월 5일 : 신탁 통치 반대 군중대회 열림

2월 15일 : '모스크바 삼상회의 결정안'을 지지하는 조선공산당, 조선인민당, 남조선신민당, 그리고 김성숙과 김원봉을 비롯한 충칭 임시 정부 참여 인사들이 모여 통일 전선체로서 '민주주의 민족 전선(민전)' 결성

6월 17일 : 제주도를 비롯해 전국에 콜레라가 기승을 부림

8월 1일 : 미군정 법령에 따라 전라남도 소속이던 제주도(濟州島)가 제주도(濟州道)로 승격

10월 : 흉년이 들어 식량난이 극심해지자, 주정 공장에 쌓아 두었던 주정 원료인 절간고구마 3천 가마를 식량 대용으로 방출

10월 18일 : 제주도 추곡 수집량이 5천 석으로 결정되자, 이에 반대하는 운동 벌어짐

11월 16일 : 제주도 모슬포에서 국방 경비대(지금의 국군) 9연대가 창설

11월 23일 : 조선공산당·남조선신민당·조선인민당이 통합해 '남조선노동당(남로당)'이라는 대중 정당으로 개편

1947년

2월 10일 : 제주읍에 있는 중고생 1천여 명이 양과자 불매 운동 시위 벌임. 미국은 자국 내에서 생산한 양담배와 드롭스 등 남아도는 사탕류 900만 톤을 우리나라에 팔려고 교육청을 통해 각급 학교에 할당 배급, 강매

2월 23일	제주도에 '민주주의 민족 전선(민전)' 결성
3월 1일	제주 민전 주최로 열린 제28주년 3·1절 기념식 때 응원 경찰의 발포로 관덕정과 도립 병원 앞에서 주민 6명 사망, 8명 중경상을 당하는 '3·1사건' 발생
3월 10일	제주 도청을 비롯해 3·1사건에 항의하는 민관 총파업 시작. 13일까지 제주도 전체 직장의 95퍼센트인 166개 기관 단체가 파업에 가세
3월 28일	경무부, "파업 선동자 전국에서 2176명 검거, 제주는 230명"이라고 발표
5월 21일	미소 공동 위원회 재개
6월 6일	구좌면 종달리에서 민청 집회를 단속하던 경찰관 3명이 마을 청년들에게 집단으로 폭행당한 이른바 '6·6사건' 발생
7월 19일	근로인민당 당수 여운형 암살당함
8월 14일	제주 경찰, '8·15 폭동 음모'와 관련해 전 제주도 지사였던 제주민전 의장 박경훈을 비롯해 도청 간부, 사회 인사 등 20여 명 체포
11월 5일	통행금지 시간이 오후 10시부터 오전 5시까지로 변경
11월 14일	유엔 총회, 한반도에서 '인구 비례에 따른 총선거'를 실시하자는 미국안 채택
12월 26일	제주도 추곡 수매 실적 11퍼센트로 전국(84.5퍼센트)에서 가장 낮음

1948년

1월 8일	유엔 한국 임시 위원단 서울 도착
2월 1일	9연대장 이치업 중령 후임으로 부연대장 김익렬 소령 임명
2월 7일	전국에 비상경계. 좌파, 남한 단독 선거에 반대해 전국적 총파업으로 몰고 간 '2·7투쟁' 전개
2월 26일	유엔 임시 총회, "유엔 한국 위원단이 접근할 수 있는 지역에서 단독 선거를 하자."는 미국안 채택
2월 말	남로당 제주도당 임원들의 '신촌 회의'에서 강경파와 온건파의 논쟁 끝에 12대 7로 무장 투쟁 방침 결정
3월 6일	조천 지서에서 취조받던 조천중학원생 김용철 고문치사. 남로당 제주도당, 무장 투쟁 개시일을 4월 3일로 결정
4월 3일	제주도에서 무장봉기 일어남. 새벽 2시를 기해 350여 명의 남로당 제주도당 무장대가 제주도 내 12개 지서와 우익 단체 요인의 집을 습격. 경찰 4명, 민간인 8명, 무장대 2명 사망
4월 5일	미군정, 제주도 도령(道令) 공포해 제주 해상 교통 차단하고 해안 봉쇄
4월 28일	제9연대장 김익렬과 무장대 총책 김달삼, 평화 협상 진행 결과 72시간 내 전투 중지 등에 합의
5월 1일	이른바 '오라리 방화 사건' 발생, 평화 협상 파기. 무장대, 제주읍 도평리에서 선거 관리 위원장 살해
5월 10일	5·10선거 실시. 제주도 62.8퍼센트(전국 평균 투표율 95.5퍼센트)로 가장 낮은 투표율 기록. 북제주군 갑·을 선거구는 과반수 미달로 선거 무효됨
7월 1일	도내 여행 증명 제도 폐지, 어획 금지 해제

7월 20일	이승만, 국회에서 대한민국 초대 대통령으로 선출
8월 15일	대한민국 정부 수립 공포
8월 21일	김달삼, 해주에서 열린 남조선 인민 대표자 대회에서 주석단 일원으로 선출
9월 9일	북한에서 김일성을 수상으로 조선민주주의인민공화국 수립 선포
10월 17일	송요찬 9연대장, 제주 해안에서 5킬로미터 이상 떨어진 지역에 통행금지를 명령하면서 이를 어기면 이유를 불문하고 총살하겠다는 내용의 포고문 발표
10월 24일	무장대, 이덕구 명의로 정부에 선전 포고, 토벌대에 호소문 발포
11월 17일	이승만 대통령, 대통령령 제31호로 제주도 전역에 계엄령 선포
12월 21일	토벌대, 함덕리 대대 본부에 자수한 조천면 관내 주민 150명을 제주읍 '박성내'라는 냇가로 끌고 가 집단 총살
12월 16일	2연대 선발대, 제주에 도착
12월 31일	제주도 지구 계엄령 해제

1949년

1월 1일	무장대, 제주읍 오등리에 있는 2연대 3대대 주둔지를 공격. 교전 끝에 무장대원 10여 명 사망, 2연대 장병 7명 전사
1월 3일	무장대, 제주읍 삼양리, 남원면 하례리, 한림면 협재리를 기습해 주민 살해. 외도 지서 경찰 특공대원들이 무장대로 위장해 제주읍 도평리에 진입, 일부 주민들이 속지 않았음에도 이튿날까지 약 70명 총살
1월 4일	토벌대, 제주읍 화북리 곤을동 주민을 이틀에 걸쳐 집단 총살
1월 12일	무장대, 남원면 의귀리에 주둔해 있는 2연대 2중대를 습격했지만 패퇴. 군인들은 전투 전후 의귀 초등학교에 수용했던 중산간 마을 주민 80여 명을 집단 총살
1월 13일	무장대, 성읍리를 습격해 주민 38명을 살해하고 방화
1월 17일	'북촌 사건' 발생. 토벌대, 마을 인근에서 군인들이 기습받은 데 대한 보복으로 조천면 북촌리를 모두 불태우고 이튿날까지 주민 약 400명을 집단 총살
2월 4일	무장대, 99식 소총을 연대에 반납하려고 제주읍으로 가던 2연대 병력을 구좌면 김녕리 부근에서 습격하여 소총 150정을 탈취하고, 2연대 병사 15명과 경찰 1명 사살. 제주읍 봉개 지구에 대한 육해공군 합동 작전 전개. 토벌대, 도망가는 주민들을 추격하여 수백 명을 총살
4월 9일	이승만 대통령, 부인과 함께 제주도 방문
5월 10일	국회의원 재선거 실시. 홍순녕·양병직 당선
6월 7일	무장대 총사령관 이덕구, 경찰에 의해 사살
10월 2일	제주비행장 근처에서 '1949년 군법 회의' 결과 사형이 선고된 249명에 대한 총살형 집행, 암매장
11월 24일	계엄법 제정, 공포

1950년

2월 10일   김충희 도지사, 국무총리에게 보낸 공문에서 4·3사건으로 3만 명의 인명 피해를 입었으며, 가옥 손실 4만여 채 등 피해액이 200여억 원에 이른다고 보고

6월 25일   한국전쟁 일어남. 제주도 해병대 사령관이 제주도 지구 비상계엄 사령관 겸임

7월 6일   제주도 지구 비상계엄 사령관, '전 제주도 지구 예비 검속자 명부 제출의 건'을 제주도 경찰국장에게 하달

7월 27일   토벌대, 예비 검속으로 제주읍 주정 공장에 수감했던 사람들을 사라봉 앞바다에 수장

7월 29일   서귀포 경찰서 관내에 예비 검속자 150여 명이 끌려가 바다에 수장됨

8월 20일   모슬포 경찰서 관내 예비 검속자 344명 중 252명이 군에 송치돼 송악산 섯알오름에서 집단 총살됨

9월 15일   인천 상륙 작전

10월 10일   제주도 지구 계엄 해제

1951년

4월 24일   제주 경찰, 1950년 10월 1일부터 1951년 4월 22일까지 7개월 동안 무장대 사살 56명, 무기 노획 소총 11정, 수류탄 2발, 경찰 17명 사상, 자위대 24명 사상, 민간인 42명 사상 등의 결과 발표

1952년

4월 1일   제주 경찰, 치안국 작전 지도반의 지도 아래 4월 30일까지 30일 예정으로 '제주도 지구 잔비 섬멸 작전' 전개

9월 16일   제주방송국에 무장대 5명 침입, 숙직 중인 방송과장 등 3명 납치

10월 31일   무장대, 서귀포 발전소를 습격해 방화

1953년

1월 29일   육군 특수 부대인 무지개부대 86명 제주도에 투입

5월 1일   무지개부대 작전 종료

11월 2일   제주읍 도평리·노형리 주민, 북제주군과 경찰에 재건 복귀를 진정

11월 7일   1년여간 소개 생활을 해 오던 대정면 산이수동 주민들 복귀, 입주

1954년

1월 15일   이경진 제주도 경찰국장, 잔여 무장대는 6명뿐이라고 발표

4월 1일   한라산 부분 개방, 산간 마을 입주와 복귀 허용

9월 21일   한라산 금족 구역 해제

1957년

4월　　최후의 빨치산 오원권, 구좌면 송당리에서 생포

1960년

4월 19일　4·19혁명, 제주 4·3사건 본격 논의
5월　　　제주대 학생 7명, '4·3사건 진상 규명 동지회' 조직
5월 23일　국회에 한국전쟁 당시 양민 학살 사건 진상 조사 특별위원회 구성 결의
5월 25일　4·3사건 진상 규명 동지회 발족
5월 27일　특공대 참살 사건, 섯알오름 학살 사건 진상 규명 거리 시위
6월　4일　제주도 의회, 긴급 회의 소집하여 현지 조사에 임할 것 등 결의
6월　6일　하루 동안 국회 특위가 4·3사건 진상 조사 실시

1961년

5월 16일　5·16쿠데타로 박정희 군사 정권 시작
6월 15일　5·16군사정권 집권 후 백조일손지묘 비석 파괴, 울타리 훼손, 23구의 묘 강제 이장

1978년

소설가 현기영, 『창작과비평』에 북촌 대학살을 다룬 소설 「순이 삼촌」 발표. 작가는 고문과 금서 조치를 당함

1980년

서울의 봄과 5·18 광주민주화운동

1987년

4월　　　제주 대학 학생 자치 기구에서 4·3 진상 규명 촉구 대자보 부착 사건
6월 10일　1979년 12·12 사태로 정권을 잡은 전두환 군사 정권의 장기 집권을 저지하기 위해 서울을 중심으로 범국민적 민주화 운동 벌어짐. 이른바 6·10항쟁

1989년

4월　3일　『제주신문』에서 「4·3의 증언」 연재 시작. 4월제 공동 준비 위원회 결성, 제1회 '제주항쟁 추모제' 개최
5월 10일　제주4·3연구소 발족(소장 현기영). 증언 채록집 『이제사 말햄수다』, 『4·3장정』과 무크지 『제주항쟁』 발간

1990년

6월   『제민일보』, 창간 기획 연재 「4·3은 말한다」 시작. '제주도 4·3사건 민간인 희생자 유족회' 조직

1991년

4월 3일   신산공원에서 '제주도 4·3사건 민간인 희생자 유족회' 주최로 '제1회 합동 위령제' 거행

10월 7일   MBC 대하 드라마 〈여명의 눈동자〉에서 4·3사건 부분적으로 다룸

12월   제주4·3연구소가 다랑쉬굴을 발견

1992년

         일본 『요미우리 신문』, 20세기에 일어난 세계 중요 100대 사건의 하나로 4·3사건 선정

4월   제주 민중 항쟁사 다룬 강요배의 '역사 그림전' 전시, 강요배 4·3사건을 그림으로 보여주는 『동백 꽃 지다』 화집 출간

4월 2일   구좌읍 소재 다랑쉬굴에서 4·3 유해 11구 발견, 굴은 봉쇄

5월   행정 기관이 새벽녘에 유해들을 화장해 바다에 뿌려 버림

1993년

4월   제주도 의회에 4·3특별위원회(위원장 김영훈) 설치. 읍·면별 피해 실태 조사 착수

10월   제주도 의회와 제주 지역 총학생회 협의회, 국회에 4·3특별법 제정과 특위 구성 촉구하는 청원서 제출

1994년

2월 2일   여·야 국회의원 75명의 서명을 받아 '제주도 4·3사건 진상 규명 특별 위원회 구성 결의안' 국회에 제출

2월 7일   '4·3 피해 신고실' 개설

4월 3일   '제주도 4·3사건 민간인 희생자 유족회'와 '4·3 추모제 공동 준비 위원회'가 공동으로 '제주4·3 희 생자 위령제 봉행 위원회'를 구성하여 '제46주년 4·3 희생자 위령제' 봉행. 그 뒤로 해마다 합동 위령제 봉행

1995년

5월   제주도 의회 4·3특별위원회 『4·3 피해 조사 1차 보고서』 발간, 1만 4125명의 희생자 명단 밝힘

김대중 대통령 후보, 4·3사건 진상 규명과 명예 회복을 공약으로 내세움

4월 1일 '제주4·3 제50주년 기념 사업 추진 범국민 위원회' 결성

9월 26일 '제주 4·3사건 희생자 위령 사업 범도민 추진 위원회' 조직

6월 김대중 대통령, 위령 공원 조성을 위한 정부의 특별 교부세 30억 원 지원 약속

12월 16일 '제주 4·3사건 진상 규명 및 희생자 명예 회복에 관한 특별법' 여야 합의로 국회 통과

1월 11일 '제주 4·3사건 진상 규명 및 희생자 명예 회복에 관한 특별법' 서명식

1월 12일 국민의 정부, '제주 4·3사건 진상 규명 및 희생자 명예 회복에 관한 특별법' 제정, 공포

8월 26일 '제주 4·3사건 진상 규명 및 희생자 명예 회복 위원회' 출범

1월 17일 제주 4·3 진상 조사 보고서 작성 기획단 발족

5월 30일 제주 4·3특별법에 따른 4·3사건 희생자 신고 결과 1만 4028명

10월 15일 참여 정부, 『제주 4·3사건 진상 조사 보고서』 최종 확정 및 희생자·유족 심의 결정

10월 31일 노무현 대통령, 제주4·3과 관련한 정부의 첫 공식 사과 표명. 국가 권력의 과오를 인정하고 4·3
유족과 제주 도민에게 공식 사과

1월 27일 정부, 제주도를 '세계 평화의 섬'으로 지정

4월 3일 노무현 대통령, '제58주년 제주 4·3사건 희생자 범도민 위령제'에 참석, 사과 표명

12월 31일 '제주 4·3사건 진상 규명 및 희생자 명예 회복에 관한 특별법' 일부 개정 법률안, 국회 본회의 통
과. 수형인의 희생자 인정, 유족 범위 4촌 이내로 확대, 4·3평화인권재단 설립 근거와 정부 기금
출연 규정 신설 수용

2007년

2월 23일   제주시 별도봉 진지동굴에서 4·3 유해 7구 발굴

4월 25일   제주 4·3특별법 개정 법률 공포

2008년

3월 28일   제주4·3평화기념관 개관

8월 6일   제주국제공항 내 1차 유해 발굴 결과, 완전 유해 54구를 포함한 100구의 유해 확인

11월 10일   제주4·3평화재단 출범

2009년

3월 31일   북촌 너븐숭이 4·3기념관 개관

2011년

9월 30일   제주 4·3사건 진상 규명 및 희생자 명예 회복 위원회, 희생자 1만 4033명 결정

2013년

6월 27일   '제주 4·3사건 진상 규명 및 희생자 명예 회복에 관한 특별법' 일부 개정 법률안, 국회 본회의 통과

2014년

3월 18일   국무 회의, 제주4·3 희생자 추념일 지정 의결

3월 24일   4·3 희생자 추념일 대통령령 개정 공포

4월 3일   '제66주년 4·3 희생자 추념식', 첫 법정 기념식으로 봉행(안전행정부 주최, 제주4·3평화재단 주관)

참고 자료

『각각 미녕 싸멍 우린 늙엇주』, 김순자, 도서출판 각, 2010

『구술로 만나는 제주 여성의 삶 그리고 역사』, 제주도 여성특별위원회, 2004

『그늘 속의 4·3』, 제주4·3연구소, 선인, 2009

『눈물 속에서 자라난 평화』, 강정마을회, 단비, 2012

『다랑쉬굴의 슬픈 노래』, 제주민예총4·3문화예술제사업단, 도서출판 각, 2002

『동백꽃 지다』, 강요배, 보리, 2008

『몸에 새긴 역사의 기억』, 김동만·고성만, 도서출판 각, 2004

『무덤에서 살아나온 4·3 수형자들』, 제주4·3연구소, 역사비평사, 2002

『문학 속의 제주 방언』, 강영봉·김동윤·김순자, 글누림, 2010

『미군정기 한국의 사회변동과 사회사』(1·2), 최영희, 박준식 외, 한림대학교 아시아문화연구소, 1999

『변방인의 세계』, 김영화, 제주대학교 출판부, 1998

『4·3 미술 10년의 역사(1994-2003): 전작도록 진실의 햇불 밝혀 평화의 바다로』, 탐라미술인협회 엮음, 2003

『4·3 역사문화 아카데미』, 제주4·3평화재단, 2010

『4·3, 정뜨르비행장 유해발굴 2차 희생자유해발굴사진자료집 3』, 제주4·3연구소, 2011

『4·3 증언자료집 이제사 말햄수다』(1·2), 제주4·3연구소, 한울, 1989

『4·3, 진실을 향한 그 의로운 행진』, 노무현재단 제주위원회, Designkey, 2014

『4·3 평화와 기억』, 제주4·3연구소 창립 제19주년 기념 학술심포지엄, 2008

『4·3 학살 암매장지 (남원읍 태흥리) 유해발굴사업 최종보고서』, 제주 4·3평화재단·제주4·3연구소, 2011

『4·3 후유장애자 실태 조사 보고서』, 제주4·3희생자 후유장애인 협회, 2007

『4·3과 제주 역사』, 박찬식, 도서출판 각, 2008

『4·3은 말한다』(1~5), 제민일보 4·3 취재반, 전예원, 1994~1998

『4·3의 진실』, 박찬식, 제주4·3평화재단, 2010

『4·3의 진실과 문학』, 김동윤, 도서출판 각, 2003

『사진과 그림으로 보는 한국 현대사』, 서중석, 웅진지식하우스, 2005

『사진으로 보는 제주역사』(1,2), 제주특별자치도, 2009

『살아 있는 한국 근현대사 교과서』, 김육훈, 휴머니스트, 2007

『서북청년단의 실체를 규명한다』, 제주4·3 진상 규명과 명예 회복을 위한 도민연대, 2010

『솔벤 절벤 귀꼿창 고장떡 톡톡 더끄곡』, 김미진, 도서출판 각, 2011

『아픔을 딛고 선 제주』, 제주 4·3사건 교육자료집, 제주도교육청, 2005

『역사적 진실과 문학적 진실-4·3평론 선집』, 제주작가회의 엮음, 도서출판 각, 2004

『의귀리지』, 서귀포시 의귀리 마을지, 2012

『이것은 기억과의 전쟁이다』, 김동춘, 사계절출판사, 2013

『잠들지 않는 남도: 제주도 4·3항쟁의 기록』, 노민영 엮음, 온누리, 1988

『제노사이드-학살과 은폐의 역사』, 최호근, 책세상, 2005

『제주도민요전집』, 진성기, 디딤돌, 2012

『제주4·3』, 허영선, 민주화운동기념사업회, 2006

『제주4·3 구술자료총서 1: 갈치가 갈치 꼴랭이 끊어먹었다 할 수밖에』, 구술자 강갑생 외 13인,
　　　　제주4·3연구소·제주4·3평화재단, 2010

『제주4·3 구술자료총서 2: 아무리 어려워도 살자고 하면 사는 법』, 구술자 김인근 외 11인,
　　　　제주4·3연구소·제주4·3평화재단, 2010

『제주4·3 구술자료총서 3: 산에서도 무섭고 아래서도 무섭고 그냥 살려고만』, 구술자 강천송 외 15인,
　　　　제주4·3연구소·제주4·3평화재단, 2011

『제주4·3 구술자료총서 4: 지금까지 살아진 것이 용헌거라』, 구술자 문철부 외 10인,
　　　　제주4·3연구소·제주4·3평화재단, 2011

『제주4·3 연구』, 제주4·3 제50주년 기념사업추진 범국민위원회, 역사비평사, 1988

『제주4·3 유적 종합정비 및 유해발굴 기본계획』, 제주4·3연구소, 2005

『제주4·3 잃어버린 마을』, 제주4·3평화재단, 2010

『제주 4·3사건 진상 조사 보고서』, 제주 4·3사건 진상 규명 및 희생자 명예 회복 위원회, 2003

『제주4·3을 묻는 너에게』, 허영선, 서해문집, 2014

『제주4·3을 묻습니다』, 이영권, 신서원, 2007

『제주 4·3항쟁-저항과 아픔의 역사』, 양정심, 도서출판 선인, 2008

『제주 역사 기행』, 이영권, 한겨레신문사, 2004

『제주시의 옛터』, 제주시, 제주대학교 박물관, 1996

『제주의 언어』(1·2), 강영봉, 제주문화, 2001

『제주항쟁』, 제주4·3연구소 편, 실천문학사, 1991

『지상에 숟가락 하나』, 현기영, 실천문학사, 1999

『진중일기』, 이윤, 여문각, 2002

『청소년을 위한 제주 역사』, 제주사랑역사교사모임 엮음, 도서출판 각, 2008

『8·15의 기억-해방공간의 풍경, 40인의 역사체험』, 문제안 외 39명, 한길사, 2005

『폭력의 역사는 청산될 수 있는가? 과거청산의 사례와 4·3』, 제주4·3 제53주년 기념 학술대회 자료집,

제주4·3연구소, 2001

『한라의 통곡소리』, 오성찬, 소나무, 1988

『해녀 어부 민속주』, 김순자, 글누림, 2009

『화해와 상생, 제주4·3위원회 백서』, 제주4·3위원회, 제주 4·3사건 진상 규명 및 희생자 명예 회복 위원회, 2008

도움 주신 분들

김용철 제주특별자치도 4·3지원과 학예연구사(미국립문서기록 관리청 사진 제공)

김흥구 사진작가(본문 2~5, 20~21, 42~43, 88~89, 110~111, 130~131, 148~149쪽)

유광민 제주4·3평화공원 학예사

강인생(1932년생) 당시 창천리 거주

고출화(1938년생) 당시 태흥리 거주

김두운(1948년생) 당시 의귀리 거주

김영하(1926년생) 당시 아라동 거주

문화봉(1938년생) 당시 아라동 걸머리 거주

박계후(1936년생) 당시 연동 거주

박아후(1926년생) 당시 하귀리 거주

부순녀(1933년생) 당시 용강리 거주

양인필(1935년생) 당시 의귀리 거주

양인필씨 부인(1939년생) 당시 수망리 거주

오기상(1937년생) 당시 아라동 큰담밭 거주

이생문(1930년생) 당시 동복리 거주

관련 누리집

제주4·3평화재단 www.jeju43peace.or.kr(4·3진상보고서 및 4·3 관련 자료를 볼 수 있다.)

감수

강덕환 제주도의회 정책자문위원, 『월간제주』 기자 시절 4·3 관련 현장 취재를 주로 했고, 제주도의회에서
        4·3특위 활동을 지원하면서 피해 조사 보고서를 책임 집필하였다. 현재 제주특별자치도의회
        정책자문위원으로 일하고 있다.

김동윤 제주대 국문과 교수, 제주4·3평화재단 이사 및 제주4·3연구소 이사. 제주대 국문과 교수로 재직하며,
        제주대 탐라문화연구원장 겸 제주4·3연구센터장으로 활동하고 있다. 4·3문학에 관한 저서로 『4·3의
        진실과 문학』, 『기억의 현장과 재현의 언어』 등이 있다.

믿을 수 없는 이야기, 제주4·3은 왜?

2015년 3월 30일 1판 1쇄
2021년 4월 10일 1판 5쇄

기획 신여랑 | **지은이** 신여랑, 오경임, 현택훈 | **그린이** 김종민, 김중석, 조승연
편집 김태희, 이혜재, 김민희 | **디자인** 백창훈 | **제작** 박흥기 | **마케팅** 이병규, 양현범, 이장열 | **홍보** 조민희, 강효원

인쇄 천일문화사 | **제책** 정문바인텍

펴낸이 강맑실 | **펴낸곳** (주)사계절출판사 | **등록** 제406-2003-034호
주소 (우)10881 경기도 파주시 회동길 252
전화 031)955-8588, 8558 | **전송** 마케팅부 031)955-8595 편집부 031)955-8596
홈페이지 www.sakyejul.co.kr | **전자우편** skj@sakyejul.co.kr | **블로그** skjmail.blog.me
페이스북 facebook.com/sakyejul | **트위터** twitter.com/sakyejul | **인스타그램** instagram.com/sakyejul

ⓒ 신여랑, 오경임, 현택훈, 김종민, 김중석, 조승연 2015

ISBN 978-89-5828-846-6 43810